情的菩提

林清玄 著

河北出版传媒集团
河北教育出版社

图书在版编目(CIP)数据

情的菩提／林清玄著．—石家庄：河北教育出版社，2012.12（2021.6重印）
ISBN 978-7-5434-9900-3

Ⅰ．①情… Ⅱ．①林… Ⅲ．①散文集－中国－当代 Ⅳ．①I267

中国版本图书馆CIP数据核字（2012）第300573号

冀图登字：03-2012-112

书　　名　情的菩提
作　　者　林清玄
责任编辑　张翠改　高群英
美术编辑　牛亚勋
装帧设计　所以设计馆

出　　版　**河北出版传媒集团**
　　　　　河北教育出版社　www.hbep.com
　　　　　(石家庄市联盟路705号　050061)
发　　行　北京启发世纪图书有限责任公司
印　　刷　盛通（廊坊）出版物印刷有限公司
开　　本　880毫米×1230毫米　1/32
印　　张　8.5
字　　数　111千字
印　　数　30001～35000
版　　次　2013年1月第1版
印　　次　2021年6月第6次印刷
书　　号　ISBN 978-7-5434-9900-3
定　　价　31.80元

目录

- **自序** /001
- 报岁兰 /001
- 黄昏菩提 /005
- 飞入芒花 /014
- 牡丹也者 /021
- 月到天心 /027
- 横过十字街口 /030
- 不要指着月亮发誓 /034
- 家家有明月清风 /038
- 黄昏月娘要出来的时候 /044
- 怀君与怀珠 /049
- 一朝 /054
- 太阳雨 /059
- 总有群星在天上 /064
- 阿火叔与财旺伯仔 /069
- 静静的鸢尾花 /073
- 心灵的护岸 /078
- 佛手玉润 /082

- 失恋之必要 /085
- 四随 /090
- 卡其布制服 /100
- 人在江湖 /104
- 情困与物困 /107
- 金箭与铅箭 /113
- 忧欢派对 /123
- 幸福的开关 /130
- 无怨的风 /138
- 阳春世界 /144
- 槟榔西施 /146
- 重瓣水仙 /148
- 有月亮的早上 /150
- 不封冻的井 /152
- 清净之莲 /155
- 梅香 /158
- 在微细的爱里 /160
- 云散 /162
- 南国 /165
- 一片茶叶 /168

- 感同身受 /170
- 十五楼观点 /172
- 罗汉汤 /173
- 生一盆火 /174
- 自在人 /175
- 知识 /176
- 一条路 /177
- 草先萌 /178
- 大地的掌声 /179
- 病苦魔 /180
- 俗情一了 /181
- 忧伤之雨 /182
- 燃香点戒 /184
- 无所不在 /185
- 真心的对待 /186
- 最可怕的鬼故事 /187
- 真实之口 /188
- 两只眼睛 /189
- 针叶树 /190
- 鸟与音乐 /191
- 写在水上的字 /192
- 拈花四品 /194

- 无常两则 /198
- 季节十二帖 /200
- 有情十二帖 /207
- 不着于水 /218
- 这一站到那一站 /221
- 以智慧香而自庄严 /224
- 小丑 /228
- 宁静海 /231
- 惜别的海岸 /234
- 往事只能回味 /237
- 思想的天鹅 /240
- 时间道场 /243
- 小米 /246
- 竖琴与法国号 /256
- 夏日小春 /259

自　序

1999年春天，我到大陆几个城市巡回演讲，并出版系列作品。几乎每到一个城市，都会被许多读者问及“菩提系列什么时候在大陆重印呢”？

菩提系列是我的写作生涯中十分重要的作品。写作时间从20世纪80年代到90年代，长达十几年的时间。

菩提系列共有十册，每隔半年或一年出一册。书出版后，引起非常热烈的反响，每册的印量都超过一百版，十册共印行一千版以上。后来被传播媒体选为“四十年来最畅销及最有影响的书”。

1993年，北京作家出版社曾印行过这十册菩提系列散文。据说也曾轰传一时，可惜有的读者没有买全，颇以缺书为憾，所以一再地向我询问什么时候重新出版。

这个问题使我陷入思考，菩提的写作虽是我创作历程中重要的阶段，但毕竟时过境迁，有许多思想、体验与现在已经有很大的不同了，并不适合原版照录地再版印行。可是，对我的文学创作有兴趣的读者，如果没有读过菩提系列，又是非常可惜的。

两全其美的方法就是出版一套精选集了。

我把十册一百五十万字菩提的文章，拿出来重新检视，删去其中一部分内容，辑选了菩提系列的精华，冠之以《心的菩提》和《情的菩提》，成为我的菩提系列的精选本。

当我整理菩提十书的文章时，仿佛对过往的写作生活又做了一次清楚的回顾。

过去，有许多评论家对我的写作做过分期评论。但是，对一个作家而言，分期是非常艰难的事。如果由我自己来分，我的写作约可以分为三个时期。

1970 年到 1985 年，是“旭日初照”的时期。那时的我是一个做着文学梦的青年，以纯粹的文学作为追求的目标，作品注重文章的雕琢，文章飞扬浪漫。

1985 年到 1995 年，是“镜花水月”的时期。这个时期受到佛教的影响，变得含蓄和内敛，文章追求出尘出世。因此，作品清净淡泊，写作态度转向静观，就像一面镜子映照着人世。

1995 年以后，是“繁华落尽”的时期。在写作上不刻意追求，也不造作，任作品自然形成，思想自由流露，既不文学也不佛学，只是用手写自己的心，真淳自见。

所以，第一个时期是“文学的”，第二个时期是“佛学的”，第三个时期是“文学与佛学的交会”。

菩提系列的作品正好写于第二个时期中，是思想与风格形成的代表作。

现在，把菩提的精选呈现给海峡两岸的读者朋友，我的内心感到非常欢喜。但愿大家从这些文章中，可以看见一个写作者内在的成长与蜕变；也祝愿大家在观照、觉察、静心、思维里，能得到平安和欢喜。

二〇〇七年三月　林清玄

报岁兰

花市摆出了一长排的报岁兰。一小部分正在盛开，大部分是结着花苞，等待年风一吹，同时开放。

报岁兰有一种极特别的香气。那香轻轻细细的，但能在空气中流荡很久，所以在乡下有一个比较土的名字“香水兰”。因为它总是在过年的时候开，又叫作“年兰”。在乡下，“年兰”和“年柑”一样，是家家都有的。

童年时代，每到过年，我们祖宅的大厅里，总会摆几盆报岁兰和水仙。浅黄浅红的报岁兰和鲜嫩鲜白的水仙，一旦贴上红色对联，就成为一个色彩丰富的年景了。

乡下四合院，正厅就是祖厅，日日都要焚烧香烛。檀香的气息和报岁兰、水仙的香味混合着，就成为一种格外馨香的味道，让人沉醉。我如今想起祖厅，仿佛马上就闻到那个味道，鲜新如昔。

我们家的报岁兰和水仙花都是父亲亲手培植的。父亲虽是乡下平凡的农夫，但他对种植作物似乎有特殊的天生才能，只要是他想种的作物很少长不成功的。父亲在世的时候，我们家的农田经营非常多元，他种了稻子、甘蔗、香蕉、竹子、槟榔、椰子、莲雾、橘子、柠檬、番薯，乃至于青菜。中年以后，他还开辟了一个占地达四百甲的林场，对于作物的习性可以说了如指掌。

我小学六年级的时候，父亲不知从哪里知道了种花可以赚钱，在我们家的后院开建了一个广大的花园，努力地培育两种花：一种是兰花，一种是玫瑰花。那时父亲对花卉的热爱到了着迷的程度，经常看花卉的书籍到深夜，自己研究花的配种，有一年他种出了一种“黑色玫瑰”，兴奋非常。那玫瑰虽不是纯黑色，但它如深紫色的绒布，接近于黑的程度。

对于兰花，他的心得更多。我们家种兰花的竹架占地两百多坪，一盆盆兰花吊在竹架上。父亲每天下田前和下田以后都待在他的兰花园里。田地收成后的余暇，他就带着一把小铲子独自到深山去，找寻那些野生的兰花，偶有收获，总是欢喜若狂。

在爱花种花方面，我们兄弟都深受父亲的影响，是由于幼年开始就常随父亲在花园中整理花圃的缘故。但是在记忆里，父亲从未因种花而得到什么利润，倒是把兰花的幼根时常送给朋友，或者用野生兰花和朋友交换品种。我们家的报岁兰就是朋友和他交换得来的。

父亲生前最喜欢的兰花有三种：一是报岁兰，一是素心兰，一是羊角兰。他种了不少名贵的兰花，为何独爱这三种兰花呢？记得有一次他对我说：“有很多兰花很鲜艳很美，可是看久了就俗气；有一些兰花是因为少而名贵，其实没什么特色；像报岁、素心、羊角虽然颜色单纯，算是普通的兰花，可是它朴素，带一点喜气，是兰花里面最亲切的。”

父亲的意思仿佛是说：朴素、喜乐、亲切是人生里最可贵的特质。这些特质也是他在人生里经常表现出来的特色。

我对报岁兰的喜爱就是那时种下的。

父亲种花的动机原是为增加收入，后来却成为他最重要的消遣。父亲没有什么特别的嗜好，只是喜欢喝茶、种花、养狗。这三种嗜好一直维持到晚年。他住院的前几天还是照常去公园喝老人茶，到花圃去巡视。

中学的时候，我们家搬到新家。新家是在热闹的街上。既没有前庭，也没有后院，父亲却在四楼顶楼搭了竹架，继续种花。我最记得搬家的那几天，父亲不让工人动他的花，他亲自把花放在两轮板车上，一趟一趟拉到新家，因为他担心工人一个不小心，会把他钟爱的花折坏了。

搬家以后，父亲的生活步调并没有改变，他还是每天骑他的老爷脚踏车到田里去。每天晨昏则在屋顶平台上整理他的花圃。虽然阳台缺少地气，父亲的花卉还是种得非常的美，尤其是报岁兰，一年一年地开。

报岁兰要开的那一段时间，差不多是学校里放寒假的时候。我从小就在外求学，只是寒暑假才有时间回乡陪伴父亲。报岁兰要开的那一段日子，我几乎早晚都陪父亲整理花园。有时父子忙了半天也没说什么话，父亲会突然冒出一句：“唉！报岁兰又要开了，时间真是快呀！”父亲是生性乐观的人，他极少在谈话里用感叹号，所以我每听到这里就感慨极深，好像触动了时间的某一个枢纽，使人对成长感到一种警觉。

报岁兰真是准时的一种花，好像不过年它就不开，而它一开就是一年已经过去了。新年过不久，报岁兰又在时间中凋落。这样的花，它的生命好像只有一个特定的任务，就是告诉你：“年到了，时间真是快呀！”从人的一生中，无常还不是那么迫人的，可是像报岁兰，一年的开放就是一个鲜明的无常。虽然它带着朴素的颜色、喜乐的气息、亲切的花香同时来到，在过完新年的时候，还是掩不住它的惆怅。

就像父亲，他的音容笑貌时时从我的心里映现出来。我在远方想起他的时候，这种映现一如他生前的样子，可是他已经不在这个世上了。我知道，我忆念的父亲的容颜虽然相同，其实忆念的本身已经不同了，就如同老的报岁兰凋谢，新的开起，样子、香味、颜色没什么不同，其实中间已经过了整整的一年。

偶然路过花市，看到报岁兰，想到父亲种植的报岁兰。今年那些兰花一样地开，还是要摆在贴了红色春联的祖厅。唯一不同的是祖厅的神案上多了父亲的牌位，墙上多了父亲的遗照。我们失去了最敬爱的父亲。这样想时，报岁兰的颜色与香味中带着一种悲切的气息：唉！报岁兰又开了，时间真是快呀！

黄昏菩提

我喜欢黄昏的时候在红砖道上散步，因为不管什么天气，黄昏的光总让人感到特别安静，能较深刻省思自己与城市共同的心灵。但那种安静只是心情的，只要心情一离开木棉或者杜鹃或者菩提树，一回头，人声车声哗然醒来，那时候就能感受到城市某些令人忧心的品质。

这种品质使我们在吵闹的车流里，有一种难以言喻的寂寞；在奔逐的人群与闪亮的霓虹灯里，我们更深地体会了孤独；在美丽的玻璃帷幕明亮的反光中，看清了这个大城冷漠的质地。

居住在这个大城，我时常思索着怎样来注视这个城，怎样找到它的美，或者风情，或者温柔，或者什么都可以。

有一天我散步累了，坐在建国南路口，就看见这样的场景：疾驰的摩托车撞上左转的货车，因挤压而碎裂的铁与玻璃，和着人体撕伤的血泪，正好喷溅在我最喜欢的一小片金盏花的花圃上。然后刺耳的警笛与救护车，尖叫与围拢的人群，堵塞与叫骂的司机……好像一团碎铁屑，因磁铁辗过而改变了方向，纷乱骚动着。

对街那头并未受到影响，公车牌下等候的人正与公车司机大声叫骂。一个气喘吁吁的女人正跑步追赶着即将开动的公车。小学生的纠察队正鸣笛制止一个中年人挤进他们的队伍。头发竖立如松针的少年正对不肯停的计程车吐口水。穿西装的绅士正焦躁地把烟蒂猛然蹂扁在脚下。

这许多急促的喘着气的画面，几乎难以相信是发生在一个可以非常美丽的黄昏。

惊疑、焦虑、匆忙、混乱的人，虽然具有都市人的性格，生活在都市，却永远见不到都市之美。

更糟的是无知。

有一次在花市，举办着花卉大餐，人与人互相压挤践踏只是为了抢食刚剥下的玫瑰花瓣，或者涂着沙拉酱的兰花。抢得最厉害的，是一种放着新鲜花瓣的红茶，我看到那粉红色的花瓣放进热气蒸腾的茶水，瞬间就萎缩了，然后沉落到杯底。我想，那抢着喝这杯茶的人不正是那一瓣花瓣吗？花市正是滚烫的茶水，它使花的美丽沉落，使人的美丽萎缩。

我从人缝穿出，看到五尺外的安全岛上，澎湖品种的天人菊独自开放着，以一种卓绝的不可藐视的风姿。这种风姿自然是食花的人群所不可知的。天人菊名声比不上玫瑰，滋味可能也比不上，但它悠闲不为人知的风情，却使它的美丽有了不受摧折的生命。

悠闲不为人知的风情，是这个都市最难能的风情。有一次参加一个紧张的会议，会议上正纷纭地揣测着消费者的性别、年龄、习惯与爱好：什么样的商品是十五到二十五岁的人所要的？什么样的资讯最适合这个城市的青年？什么样的颜色最能激起购买欲？什么样的抽奖与赠送最能使消费者盲目？

而用什么形式推出才是我们的卖点和消费者情不自禁的买

点？

后来，会议陷入了长长的沉默，灼热的烟雾弥漫在空调不敷应用的会议室里。

我绕过狭长的会议桌，走到长长的只有一面窗的走廊透气。从十四层的高楼俯视，看到阳光正以优美的波长，投射在春天的菩提树上，反射出一种娇嫩的生命之骚动。我便临时决定不再参加会议。下了楼，轻轻踩在红砖路上，听着欢跃欲歌的树叶长大的声音，细微几至不可听见。回头，正看到高楼会议室的灯光亮起，大家继续做着灵魂烧灼的游戏，那种燃烧使人处在半疯的状态，而结论却是必然的：没有人敢确定现代的消费者需要什么。

我也不敢确定，但我可以确定的是，现代人更需要诚恳的、关心的沟通，有情的、安定的讯息。就像如果我是春天这一排被局限在安全岛的菩提树，任何有情与温暖的注视，都将使我怀着感恩的心情。

生活在这样的都市里，我们都是菩提树，拥有的土地虽少，勉力抬头仍可看见广大的天空；我们虽有常在会议桌上被讨论的共相，可是我们每天每刻的美丽变化却不为人知。“一棵树需要什么呢？”园艺专家在电视上说：“阳光、空气和水而已。还有一点点关心。”

活在都市的人也一样的吧！除了食物与工作，只是渴求着明彻的阳光，新鲜的空气，不被污染的水，以及一点点有良知的关心。

“会议的结果怎么样？”第二天我问一起开会的人。

“销售会议永远不会有正确的结论，因为没有人真正了解十五岁到二十五岁现代都市人的共同想法。”

如果有人说：我是你们真正需要的！

那人不一定真正知道我们的需要。

有一次在仁爱小学的操场政见台上，连续听到五个人说：“我是你们真正需要的。”那样高亢的呼声带着喝彩与掌声如烟火在空中散放。我走出来，看见安和路上黑夜的榕树，感觉是那样的沉默、那样的矮小，忍不住问它说：“你真正的需要是什么呢？”

我们其实是像那沉默的榕树一样渺小，最需要的是自在的活着，走路时不必担心亡命的来车，呼吸时能品到空气的香甜，搭公车时不失去人的尊严，在深夜的黑巷中散步也能和陌生人微笑招呼，时常听到这个社会的良知正在觉醒，也就够了。

我更关心的不是我们需要什么，而是青年究竟需要什么？十五岁到二十五岁的，难道没有一个清楚的理想，让我们在思索推论里知悉吗？

我们关心的都市新人种，他们耳朵罩着随身听，过大的衬衫放在裤外，即使好天他们也罩一件长到小腿的黑色神秘风衣。少女们则全身燃烧着颜色一样，黄绿色的发，红蓝色的衣服，黑白的鞋子，当他们打着拍子从我面前走过，就使我想起童话里跟随王子去解救公主的人物。

新人种的女孩，就像敦化南路圆环的花圃上，突然长出一株不可辨认的春花，它没有名字，色彩怪异，却开在时代的风里。男孩们则是忠孝东路刚刚修剪过的路树，又冒出了不规则的枝丫，轻轻地反抗着剪刀。

最流行的杂志上说，那彩色的太阳眼镜是“燃烧的气息”，那长短不一染成红色的头发是“不可忽视的风格之美”，那一只红一只绿的布鞋是“青春的两只眼睛”，那过于巨大不合身的衣服是“把世界的伤口包扎起来”，而那些新品种的都市人则被说成是“青春与时代的领航者”。

这些领航的大孩子，他们走在五线谱的音符上，走在调色盘的颜料上，走在电影院的看板上，走在虚空的玫瑰花瓣上。他们连走路的姿势，都与我年轻的时代不同了。

我的青年时代，曾经跪下来嗅闻泥土的芳香，因为那芳香而落泪；曾经热烈争辩国族该走的方向，因为那方向而忧心难眠；曾经用生命的热血与抱负写下慷慨悲壮的诗歌，因为那诗歌燃起火把互相传递。曾经，曾经都已是昨日，而昨日是西风中凋零的碧树。

“你说你们那一代忧国忧民，有理想有抱负，我请问你，你们到底做了什么了不起的大事？”一位西门町的少年这样问我。我们到底做了什么了不起的大事？拿这个问题问飘过的风，得不到任何回声；问路过的树，没有一棵摇曳；问满天的星，天空里有墨黑的答案。这是多么可惊的问题！我们这些自谓有理想有抱负忧国忧民的中年，只成为黄昏时稳重散步的都市人。那些不知道有明天而在街头热舞的少年，则是半跑半跳的都市人，这中间有什么差别呢？

有一次，我在延吉街花市，从一位年老的花贩口里找到一些答案，他说：

“有些种子要做肥料，有些种子要做泥土，有一些种子是天生就要开美丽的花。”

农人用犁耙翻开土地，覆盖了地上生长多年的草，草很快地成为土地的一部分。然后，农人在地上撒一把新品种的玫瑰花种子，那种子抽芽发茎，开出最美的璀璨之花。可是没有一朵玫瑰花知道，它身上流着小草的忧伤之血，也没有一朵玫瑰记得，它的开放是小草舍身的结晶。

我们这一代没有做过什么大事，我们没有任何功勋给青年颂歌，就像曾经在风中生长，在地底怀着热血，在大水来时挺立，在干旱的冬季等待春天，在黑暗的野地里仰望明亮的天星，一株卑微的小草一样，这算什么功勋呢？土地上任何一株小草不都是这样活着的吗？

所以，我们不必苛责少年，他们是天生就来开美丽的花。我们半生所追求的不也就是那样吗？无忧地快乐地活着。我们的现代是他们的古典，他们的朋克何尝不是明天的古典呢？且让我们维持一种平静的心情，就欣赏这些天生的花吧！

光是站在旁边欣赏，好像也缺少一些东西。有一次散步时看到工人正在仁爱路种树，他们先把路树种在水泥盆子里，再把盆子埋入土中，为什么不直接种到土地里呢？我疑惑着。

工人说：“用盆子是为了限制树的发展，免得树根太深，破坏了道路、水管和地下电缆。也免得树长太高，破坏了电线和景观。”

原来，这是都市路树的真相，也是都市青年的真相。

我们是风沙的中年，不能给温室的少年指出道路，就像草原的树没有资格告诉路树，应该如何往下扎根、往上生长。路树虽然被限制了根茎，但自有自己的风姿。

那样的心情，正如同有一个晚秋的清晨，我发现路边的马樱丹结满了晶莹露珠，透明没有一丝杂质的露珠停在深绿的叶脉上。那露水，令我深深感动，不只是感动那种美，而是惊奇于都市的花草也能在清晨有这样清明的露。

那么，我们对都市风格、人民品质的忧心是不是过度了呢？

都市的树也是树，都市人仍然是人。

凡是树，就会努力生长；凡是人，就不会无端堕落。

凡是人，就有人的温暖；凡是树，就会有树的风姿。

树的风姿，最美的是敦化南北路上的枫香树吧！在路边的咖啡屋叫一杯上好的咖啡，从明亮的落地窗望出去，深深感到那些安全岛上的枫香树，风情一点也不比香榭里舍大道的典雅逊色。虽然空气是脏了一点，交通是乱了一点，喇叭与哨子是吵了一点，但枫香树是多么可贵！犹自那样青翠、那样宁谧、那样深情，甚至那样有一种不可言说的傲骨，不肯为日渐败坏的环境屈身。

尤其是黄昏时分，阳光的金粉一束束从树梢间穿过，落在满地的小草上。有时目光随阳光移动，还可以看到酢酱草新开的紫色小花，嫩黄色的小蛱蝶在花上飞舞。如果我们用画框框住，就是印象派中最美丽的光影了。可惜有很多人在都市生活了一辈子，总是匆忙地走来走去，从来没有看过这种美。

枫香之美、都市人之品质、都市之每株路树，虽各有各的风情，其实都是渺小的。有一回我登上郊外的山，反观这黄昏的都城，发现它被四面的山手拉手环抱着，温柔的夕阳抚触着城市的每一个角落，天边朗朗升起万道金霞，这时，一棵棵树不见了，一个个人也不见了，只看到互相拥抱的楼宇、互相缠绵的道路。城市，在那一刻，成为坐着沉思的人，它的污染拥挤肮脏都不见了，只留下繁华落尽的一种清明壮大庄严之美。

回望我所居的城市，这座平常使我因烦厌而去寻找细部之美的城，当时竟陪我跨越尘沙，照见了一些真实的大块的面目。那一天我在山顶上坐到辉煌的灯火为城市戴着光环才下山，下山时还感觉到美正一分一分地升起。

我们如果能回到自我心灵真正的明净，就能拂拭蒙尘的外表，接近更美丽单纯的内里，面对自己是这样，面对一座城市时不也是这样吗？清晨时分，我们在路上遇到全然陌生的人，互相点头微笑，那时我们的心是多么清明温情呀！我们的明净可以洗清互相的冷漠与污染，同时也可以洗涤整个城市。

如果我们的心足够明净，还会发现太阳离我们很近，月亮离我们很近，星星与路灯都放着光明，簇拥我们前行。

就像有一天我在仁爱路的菩提树上，发现了一个小红蚂蚁的窝。它们缓缓在春天的菩提枝丫上蠕动，充满了生命清新的力量，正伸出触角迎接经过漫长阴雨之后都城的新春。

对我们来说，那乱车奔驰的路侧，是不适于生存，甚至不适宜站立的；可是对菩提树，它们努力站立，长出干净的新绿；对小红蚂蚁，它们自在生存，欣然迎接早春；我们都是一样，是默默不为人知，在都市的脉搏里流动的一丝清明之血。

从有蚂蚁窝的菩提树阴走到阳光浪漫的黄昏，我深深地震动了，觉得在乡村生活的人是生命的自然，而在都市里生活的人，更需要一些古典的心情、温柔的心情，一些经过污染还能沉静的智慧。这株黄昏的菩提树，树中的小蚂蚁，不是与我一起在通过污染，面对自己古典、温柔、沉静的心情吗？

黄昏时，那一轮金橙色的夕阳离我们极远极远，但我们一发出智慧的声音，他就会安静地挂在树梢上，俯身来听，然后我感觉，夕阳只是个纯真的孩子，他永远不受城市的污染，他的清明需要一些赞美。

每天我走完了黄昏的散步，将归家的时候，我就怀着感恩的心情摸摸夕阳的头发，说一些赞美与感激的话。

感恩这人世的缺憾，使我们警醒不至于堕落。

感恩这都市的污染，使我们有追求明净的智慧。

感恩那些看似无知的花树，使我们深刻地认清自我。

最大的感恩是，我们生而为有情的人，不是无情的东西，使我们能凭借情的温暖，走出或冷漠或混乱或肮脏或匆忙或无知的津渡，找到源源不绝的生命之泉。

听完感恩与赞美，夕阳就点点头，躲到群山之背面，只留下满天羞红的双颊。

飞入芒花

母亲蹲在厨房的大灶旁边，手里拿着柴刀，用力劈砍香蕉树多汁的草茎，然后把剁碎的小茎丢到灶中大锅，与泔水同熬，准备去喂猪。

我从大厅迈过后院，跑进厨房时正看到母亲额上的汗水反射着门口射进的微光，非常明亮。

“妈，给我两角。”我靠在厨房的木板门上说。

“走！走！走！没看到没闲吗？”母亲头也没抬，继续做她的活儿。

“我只要两角钱。”我细声但坚定地说。

“要做什么？”母亲被我这异乎寻常的口气触动，终于看了我一眼。

“我要去买金啖。”金啖是三十年前乡下孩子唯一能吃到的糖，浑圆的，坚硬的糖球上面沾了一些糖粒。一角钱两粒。

“没有钱给你买金啖。”母亲用力地把柴刀剁下去。

“别人都有？为什么我们没有？”我怨愤地说。

“别人是别人，我们是我们，没有就是没有，别人做皇帝你怎么不去做皇帝！”母亲显然动了肝火，用力地剁香蕉块。柴刀砍在砧板上咚咚作响。

“做妈妈是怎么做的？连两角钱买金啖都没有？”

母亲不再作声，继续默默工作。

我那一天是吃了秤砣铁了心，冲口而出："不管怎样，我一定要！"说着就用力地踢厨房的门板。

母亲用尽力气，柴刀"咔"的一声站立在砧板上，顺手抄起一根生火的竹管，气极败坏地一言不发，劈头劈脑就打了下来。

我一转身，飞也似的蹦了出去。平常，我们一旦忤逆了母亲，只要一溜烟跑掉，她就不再追究，所以只要母亲一火，我们总是一口气跑出去。

那一天，母亲大概是气极了，并没有转头继续工作，反而快速地追了出来。我正奇怪的时候，发现母亲的速度异乎寻常地快，几乎像一阵风一样。我心里升起一种恐怖的感觉，想到脾气一向很好的母亲，这一次大概是真正生气了，万一被抓到一定会被狠狠打一顿。母亲很少打我们，但只要她动了手，必然会把我们打到讨饶为止。

边跑边想。我立即选择了那条火车路的小径。那是家附近比较复杂而难走的小路，整条都是枕木，铁轨还通过旗尾溪，悬空架在上面。我们天天都在这里玩耍，路径熟悉，通常母亲追我们的时候，我们就选这条路跑。母亲往往不会追来，而她也很少把气生到晚上。只要晚一点回家，让她担心一下，她气就消了，顶多也只是数落一顿。

那一天真是反常，母亲提着竹管，快步地跨过铁轨的枕木追过来，好像不追到我不肯罢休。我心里虽然害怕，却还是有恃无恐，因为我的身高已经长得快与母亲平行了。她即使用尽全力也追不上我，何况是在火车路上。

我边跑还边回头望母亲，母亲脸上的表情是冷漠而坚决的。我们一直维持着二十几米的距离。

“唉唷！”我跑过铁桥时，突然听到母亲惨叫一声。一回头，正好看到母亲扑跌在铁轨上面。扑的一声，显然跌得不轻。

我的第一个反应是：一定很痛！因为铁轨上铺的都是不规则的碎石子，我们这些小骨头跌倒都痛得半死，何况是母亲？

我停下来，转身看母亲，她一时爬不起来，用力搓着膝盖。我看到鲜血从她的膝上汩汩流出，鲜红色的，非常鲜明。母亲咬着牙看我。

我不假思索地跑回去，跑到母亲身边，用力扶她站起。看到她腿上的伤势实在不轻，我跪下去说：“妈，您打我吧！我错了。”

母亲把竹管用力地丢在地上，这时，我才看见她的泪从眼中急速地流出，然后她把我拉起，用力抱着我。我听到火车从很远很远的地方开过来。

我用力拥抱着母亲说：“我以后不敢了。”

这是我小学二年级时的一幕。每次一想到母亲，那情景就立即回到我的心版，重新显影。我记忆中的母亲，那是她最生气的一次。其实，母亲是个很温和的人，她最不同的一点是，她从来不埋怨生活——很可能她心里也是埋怨的，但她嘴里从不说出。我这辈子也没听她说过一句粗野的话。

因此，母亲是比较倾向于沉默的。她不像一般乡下的妇人喋喋不休。这可能与她的教育与个性都有关系。在母亲的那个年代，她算是幸运的，因为受到初中的教育。日踞时代的乡间能读到初中已算是知识分子了，何况是个女子。在我们那方圆几里内，母亲算是知识丰富的人，而且她写得一手娟秀的字。这一点是我小时候常引以为傲的。

我的基础教育都是来自母亲。很小的时候她就把《三字经》写在日历纸上让我背诵，并且教我习字。我如今写得一手好字就是受到她的影响。她常说："别人从你的字里就可以看出你的为人和性格了。"

早期的农村社会，一般孩子的教育都落在母亲的身上，因为孩子多，父亲光是养家已经没有余力教育孩子。我们很幸运的，有一位明理的、有知识的母亲。这一点，我的姊姊体会得更深刻。她考上大学的时候，母亲力排众议对父亲说："再苦也要让她把大学读完。"在二十年前的乡间，给女孩子去读大学是需要很大的决心与勇气的。

母亲的父亲——我的外祖父——在他居住的乡里是颇受敬重的士绅。日踞时代在政府机构任职，又兼营农事，是典型耕读传家的知识分子。他连续拥有了八个男孩，晚年时才生下母亲。因此，母亲的童年与少女时代格外受到钟爱。我的八个舅舅时常开玩笑地说："我们八个兄弟合起来，还比不上你母亲的受宠爱。"

母亲嫁给父亲是"半自由恋爱"。由于祖父有一块田地在外祖父家旁，父亲常到那里去耕作，有时借故到外祖父家歇脚喝水，就与母亲相识。互相闲谈几句，生起一些情意。后来祖父央媒人去提亲，外祖父见父亲老实可靠，勤劳能负责任，就答应了。

父亲提起当年为了博取外祖父母和舅舅们的好感，时常挑着两百多斤的农作在母亲家前来回走过，才能顺利娶回母亲。

其实，父亲与母亲在身材上不是十分相配的，父亲是身高六尺的巨汉，母亲的身高只有一米五十，相差达三十厘米。我家有一幅他们的结婚照，母亲站着到父亲耳际，大家都觉得奇怪，问起来，才知道宽大的白纱礼服里放了一个圆凳子。

母亲是嫁到我们家才开始吃苦的。我们家的田原广大，食指浩繁，是当地少数的大家族。母亲嫁给父亲的头几年，大伯父二伯父相继过世，大伯母也随之去世。家外的事全由父亲撑持，家内的事则由二伯母和母亲负担。一家三十几口的衣食，加上养猪饲鸡，辛苦与忙碌可以想见。

我印象里还有几幕影像鲜明的静照。一幕是母亲以蓝底红花背巾背着我最小的弟弟，用力撑着猪栏要到猪圈里去洗刷猪的粪便。那时母亲连续生了我们六个兄弟姊妹，家事操劳，身体十分瘦弱。我小学一年级，么弟一岁，我常在母亲身边跟进跟出。那一次见她用力撑着跨过猪圈，我第一次体会到母亲的辛苦而落下泪来。如今那一条蓝底红花背巾的图案还时常浮现出来。

另一幕是，有时候家里缺乏青菜，母亲会牵着我的手，穿过家前的一片菅芒花，到番薯田里去采番薯叶。有时候则到溪畔野地去摘鸟莘菜或芋头的嫩茎。有一次母亲和我穿过芒花的时候，我发现她和新开的芒花一般高，芒花雪样的白，母亲的发墨一般的黑，真是非常的美。那时感觉到能让母亲牵着手，真是天下最幸福的事。

还有一幕是，大弟因小儿麻痹死去的时候，我们都忍不住大声哭泣，唯有母亲以双手掩面悲号。我完全看不见她的表情，只见到她的两道眉毛一直在那里抽动。依照习俗，死了孩子的父母在孩子出殡那天，要用拐杖击打棺木，以责备孩子的不孝，但是母亲坚持不用拐杖。她只是扶着弟弟的棺木，默默地流泪。母亲那时的样子，到现在在我心中还鲜明如昔。

还有一幕经常上演的，是父亲到外面去喝酒彻夜未归。如果是夏日的夜晚，母亲就会搬着藤椅坐在晒谷场说故事给我们听，讲虎姑婆，或者孙悟空，讲到孩子都睁不开眼睛而倒在地上睡着。

有一回，她说故事到一半，突然叫起来说："呀！真美。"我们回过头去，原来是我们家的狗互相追逐跑进前面那一片芒花，栖在芒花里无数的萤火虫哗然飞起，满天星星点点，衬着在月下波浪一样摇曳的芒花，真是美极了。美得让我们都呆住了。我再回头，看到那时才三十岁的母亲，脸上流露着欣悦的光泽。在星空下，我深深觉得母亲是多么的美丽——只有那时母亲的美才配得上满天的萤火。

于是那一夜，我们坐在母亲身侧，看萤火虫一一地飞入芒花，最后，只剩下一片宁静优雅的芒花轻轻摇动。父亲果然未归，远处的山头晨曦微微升起，萤火在芒花中消失。

我和母亲的因缘也不可思议。她生我的那天，父亲急急跑出去请产婆来接生，产婆还没有来的时候我就生出了，是母亲拿起床头的剪刀亲手剪断我的脐带，使我顺利地投生到这个世界。

年幼的时候，我是最令母亲操心的一个。她为我的病弱不知道流了多少泪。在我得急病的时候，她抱着我跑十几里路去看医生，是常有的事。尤其在大弟死后，她对我的照顾更是无微不至。我今天能有很棒的身体，是母亲在十几年间仔细调护的结果。

我的母亲是这个世界上无数的平凡人之一，却也是这个世界上无数伟大的母亲之一。她是那样传统，有着强大的韧力与耐力，才能从艰苦的农村生活过来，丝毫不怀怨恨。她们那一代的生活目标非常的单纯，只是顾着丈夫、照护儿女，几乎从没有想过自己的存在。在我的记忆中，母亲的忧病都是因我们而起，她的快乐也是因我们而起。

不久前，我回到乡下，看到旧家前的那一片芒花已经完全不见了，盖起一间一间的透天厝，现在那些芒花呢？仿佛都飞来开在母亲的头上。母亲的头发已经花白了。我想起母亲年轻时候走过芒花的黑发，不禁百感交集。尤其是父亲过世以后，母亲显得更孤单了，头发也更白了。这些，都是她把半生的青春拿来抚育我们的代价。

童年时代，陪伴母亲看萤火虫飞入芒花的星星点点，在时空无常的流变里也不再有了。只有当我望见母亲的白发时才想起这些，想起萤火虫如何从芒花中哗然飞起，想起母亲脸上突然绽放的光泽，想起在这广大的人间，我唯一的母亲。

牡丹也者

温莎公爵夫人过世的那一天，正巧是台湾故宫博物院至善园展出牡丹的第一天。

真是令人感叹的巧合，温莎公爵夫人是20世纪最动人的爱情故事的主角，而牡丹恰在中国历史上被认为是最动人的花。一百盆“花中之后”在春天的艳阳中开放，而一朵伟大的“爱情之花”却在和煦的微风中凋谢了。

我们赶着到外双溪去看牡丹。在人潮中的牡丹显得是多么脆弱呀！因为人群中蒸腾的浊气竟使它们提前凋谢了。保护牡丹的冰块被放置在花盆四周，平衡了人群的热气。

好不容易拨开人群，冲到牡丹面前，许多人都会发出一声叹息：终于看到了一直向往着的牡丹花！接下来则未免怏怏：牡丹花也像是芙蓉花、大理菊一样，不过如此。真是一见不如百闻呀！在回程的路上，不免兴起一些感慨。我们心中所存在的一些美好的想象，有时候禁不起真实的面对。这种面对碎裂了我们的美好与想象。

我不是这一次才见到牡丹的。记得两年前在日本旅行，朋友约我到东京郊外看牡丹花展，那一夜差一点令我在劳顿的旅途中也为之失眠。心里一直梦想着从唐朝以来一再点燃诗人艺术家美感经验的帝王之花的姿容。自然，我对牡丹不是那么陌生的。我曾在无数的扇面、册页、巨作中见过画家最细腻翔实的描绘，也在无数的诗歌里看到那红艳凝香的侧影，可是如今要去看活生生地开放着的牡丹花，心潮也不免为之荡漾。

在日本看到牡丹的那一刻，我可以说是失望的，那种失望并不是因为牡丹不美，牡丹还是不愧为帝王之花、花中之后的称号，有非常之美，但是距离我们心灵所期待的美丽还是不及的。而且，牡丹一直是中国人富贵与吉祥的象征。富贵与吉祥虽好，多少却带着俗气。

看完牡丹，我在日本花园的宁静池畔坐下，陷进了沉思：是我出了问题？还是牡丹出了问题？为什么人人说美的牡丹，在我的眼中也不过是普通的花呢？

牡丹还是牡丹，唐朝在长安是如此，现代在东京也仍然如此，问题是出在我自己身上，因为历史上我所喜爱的诗人、画家，透过他们的笔才使我在印象里为牡丹铸造了一幅过度美丽的图像，也因为我生长在台湾，无缘见识牡丹，把自己的乡愁也加倍地放在牡丹艳红的花瓣上。

假如牡丹从来没有经过歌颂，我会怎样看牡丹呢？

假如我家的院子里，也种了几株牡丹呢？

我想，牡丹也将如我所种的菊花、玫瑰、水仙一样，只是美丽，还可以欣赏的一种花吧！

我怀着落寞的心情离开了日本的花园，在参天的松树林间感觉到一种看花从未有过的寂寞。

唯一使我深受震动的，是在花园的说明书里，我看到那最美的几种牡丹是中国的品种，是在唐宋以后陆续传种到日本的。在春天的时候，日本到处都开着中国牡丹，反倒是居住在中国南方的汉人有一些终生未能与牡丹谋上一面。

花园边零售的摊位上，有贩售牡丹种子的小贩。种子以小袋包装，我的日本朋友一直鼓舞我买一些种子回台湾播种。我挑了几品中国的种子回来，却没有一粒种子在我的花盆中生芽。

这一次在故宫至善园看牡丹花展，识得牡丹的朋友却告诉我说：“这些牡丹是日本种，从日本引进种植成功的。”

“日本种不就是中国种吗？”我问。

“最原始的品种当然还是中国种，可是日本人非常重视牡丹。他们改良了品种，增加了花色，中国种比较起来就有一些逊色了。”

这倒真是始料未及的事。日本人以中国的品种为好，我们倒以日本的品种为好了。那些无知的牡丹，几乎不知道自己是哪里的品种，只要控制了气温与环境，它就欣悦地开放。对于中国的牡丹，这一段奇异的路真是不可知的旅程呀！

日本看牡丹，台北看牡丹，有一种心情是相同的，即是牡丹虽好，有种种不同的高贵的名字，也只是一种花而已。要说花，我们自己亲手所种植，长在普通红泥花盆里的花，才是最值得珍惜的，虽无掀天声价，到底是我们自己的花。

从至善园回来，我在阳台上浇花，看到自己种的一盆麒麟草，因为春光，在尾端开出一些淡红的小花，一点也不稀奇，摆在路上也不会引人驻足，但它真是美，比我所看见的牡丹毫不逊色。因为在那么小的花里，有我们的心血，有我们的关怀，以及我们的爱。

温莎公爵与夫人也是如此。一宗曾使全世界的恋人为之落泪动容的爱情，从我们年幼的时候，就飘荡在我们的胸腔之中，然后我们立下了这样的志向：如果我右手有江山，左手有美人，我也要放下右手的江山来拥抱左手的美人。

可是志向只是志向，我们不可能同时拥有江山与美人。要是有，可能也放不下。连一代枭雄拿破仑都办不到。他的境界只留在“醉卧美人膝，醒掌天下权”的境界。

一般人为爱情做小小的牺牲都难以办到，何况是舍弃江山去追求爱情呢?

试想当年，风度翩翩的威尔斯王子，准备继承他父亲乔治五世的王位成为爱德华八世，加上他容貌出众，干练而有理想，是那个时代全世界最受少女仰慕的王子。以他的风采与地位，要找一位最美丽、最杰出、最聪明的妻子，简直是易如反掌。

他应该拥有最好、最美的一朵牡丹，这也是全英国的期望。

可是他喜欢的不是牡丹。

他爱上了一个离过婚的有夫之妇——辛普森夫人。

辛普森夫人本名沃丽斯，当年三十四岁，是伦敦商人艾奈斯特的太太，既不年轻也不貌美，既不富裕又没有受过良好教育。她的身体也不健康，胃病时时发作。在 20 世纪 30 年代英国人民的眼中，辛普森夫人简直一无是处，偏偏他们的国王爱上了这个女子。

那种心情是可以想见的，就如同我们有一园子盛开的牡丹，请朋友来观赏，朋友在园子里绕了半天却说：花园角落那一株紫色的酢浆草开得真是美。

沃丽斯就像那株紫色酢浆草，而且还不是初开的，已经是第三次开放。

后来，爱德华八世如何为了沃丽斯，不惜与首相闹翻，放弃江山，是大家都知道的故事。也成为这个冷漠无情的世纪里，一个真实动人的爱情典范。

我并不想评述这段爱情。我有兴趣的是，人人都说牡丹好，如果我们觉得牡丹的美不如朱槿花，为什么不勇敢地说出来呢？或者说当我们面对爱情的试炼之时，是不是能打开一切条件的外貌，去触及真实本然的面目呢？是不是能把物质的一切放在一边，做心灵真正的面对呢？

这个世界，许多女人都拥有钻石、珠宝、貂皮大衣，但是真正觉得钻石、珠宝、貂皮大衣是美丽的女人极少，绝大部分是只知道它的价钱。

我们在钻石的光芒中找到的美不一定是纯粹的美，我们在海边无意拾获的贝壳之美才是纯粹的美；我们在标价百万元的兰花上看到的美不一定是真实的美，我们在路边无意中看见的油菜花随风翻飞才是真实的美。

爱与牡丹也是如此。

爱德华八世和辛普森夫人的爱不一定是纯粹与真实的美，只有还原到大卫与沃丽斯，才有了纯粹与真实之美。

牡丹如果是放在花盆里用冰块冰着，供给众人瞥看一眼，不是真美；只有它还原到大地上，与众花同在，从土地生发，才是真美。

我们不必欣羡爱德华与辛普森，我们只要珍惜自己拥有的小小的爱就够了。我们的爱虽平凡渺小，即使有人送我江山，也是不可更换的。爱之伟大无如我者，小小江山何足道哉！

我们也不必欣羡牡丹，我们只要宝爱自己所拥有的菊花、玫瑰、蔷薇、茉莉，乃至鸡冠花、鸡屎菊也就是了。在这个大地上，繁花锦绣无不是美。我对美的见识如此壮大，小小牡丹何足道哉！

把帝王之花还给帝王。

把花中之后还给皇后。

我只把最真实、最纯朴、最能与我的美感或爱情相呼吸的留给我自己。我自己就是江山，我自己就是一个具足的宇宙。

月到天心

二十多年前的乡下没有路灯，夜里穿过田野要回到家里，差不多是摸黑的。平常时日，都是借着微明的天光，摸索着回家。

偶尔有星星，就亮了很多，感觉到心里也有星星的光明。

如果是有月亮的时候，心里就整个沉定下来，丝毫没有了黑夜的恐惧。在南台湾，尤其是夏夜，月亮的光格外有辉煌的光明，能使整条山路都清清楚楚地延展出来。

乡下的月光是很难形容的，它不像太阳的投影是从外面来，它的光明犹如从草树、从街路、从花叶，乃至从屋檐、墙垣内部微微地渗出，有时会误以为万事万物的本身有着自在的光明。假如夜深有雾，到处都弥漫着清气，当萤火虫成群飞过，仿佛是月光所掉落出来的精灵。

每一种月光下的事物都有了光明，真是好！

更好的是，在月光底下，我们也觉得自己心里有着月亮、有着光明，那光明虽不如阳光温暖，却是清凉的，从头顶的发到脚尖的指甲都感受到月的清凉。

走一段路，抬起头来，月亮总是跟着我们，照着我们。在童年的岁月里，我们心目中的月亮有一种亲切的生命，就如同有人提灯为我们引路一样。我们在路上，月在路上；我们在山顶，月在山顶；我们在江边，月在江中；我们回到家里，月正好在家屋门前。

直到如今，童年看月的景象，以及月光下的乡村都还历历如绘。但对于月之随人却带着一些迷思，月亮永远跟随我们，到底是错觉还是真实的呢？可以说它既是错觉，也是真实。由于我们知道月亮只有一个，人人却都认为月亮跟随自己，这是错觉；但当月亮伴随我们时，我们感觉到月是唯一的，只为我照耀，这是真实。

长大以后才知道，真正的事实是，每一个人心中有一片月，它是独一无二、光明湛然的。当月亮照耀我们时，它反映着月光，感觉天上的月也是心中的月。在这个世界上，每个人心里都有月亮埋藏，只是自己不知罢了。只有极少数的人，在最黑暗的时刻，仍然放散月的光明，那是知觉到自己就是月亮的人。

这是为什么禅宗把直指人心称为“指月”，指着天上的月教人看，见了月就应忘指；教化人心里都有月的光明，光明显现时就应舍弃教化。无非是标明了人心之月与天边之月是相应的、含容的，所以才说“千江有水千江月，万里无云万里天”。即使江水千条，条条里都有一轮明月。从前读过许多诵月的诗，有一些颇能说出“心中之月”的境界，例如王阳明的《蔽月山房》：

> 山近月远觉月小，便道此山大于月。
> 若人有眼大如天，当见山高月更阔。

确实，如果我们能把心眼放开到天一样大，月不就在其中吗？只是一般人心眼小，看起来山就大于月亮了。还有一首是宋朝理学家邵雍写的《清夜吟》：

月到天心处，风来水面时。
一般清意味，料得少人知。

月到天心、风来水面，都有着清凉明净的意味，只有微细的心情才能体会，一般人是不能知道的。

我们看月，如果只看到天上之月，没有见到心灵之月，则月亮只是极短暂的偶遇，哪里谈得上什么永恒之美呢？

所以回到自己，让自己光明吧！

横过十字街口

黄昏走到了尾端，光明正以一种难以想象的速度自大地撤离。我坐在车里等红绿灯，希望能在黑夜来临前赶回家。

在匆忙的通过斑马线的人群里，我们通常不会去注意行人们的姿势，更不用说能看见行人的脸了。我们只是想着，如何在绿灯亮起时，从人群前面呼啸过去。

就在行人的绿灯闪动，黄灯即将亮起的一刻，从斑马线的开头出现了一个特别的人影，打破了一整个匆忙的画面。那是一个中年的极为苍白细瘦的妇人，她得了什么病我并不知道，但那种病偶尔我们在街角的某一处见到，就是全身关节全部扭曲，脸部五官通通变形，而不管走路或停止的时候，全身都在甩动的那一种病。

那个妇人的不同是，她病得更重，她全身扭成很多褶，就好像我们把一张硬纸揉皱丢在垃圾桶、捡起来再拉平的那个样子。她抖得非常厉害，如同冬天里在冰冷的水塘捞起来的猫抽动着全身。

当她走起来的时候，我的眼泪不能自禁地顺着眼角流了下来。

我不知道自己为何落泪，但我宁可在眼前的这个妇人不要走路。她每走一步就往不同的方向倾倒过去，很像要一头栽到地上，而又勉力地抖动绞扭着站起，再往另一边倾倒过去。她全身的每一根骨头、每一条筋肉都不能平安地留在应该在的地方，而她的每一举步之艰难，就仿佛她的全身都要碎裂在人行道上。她走的每一步，都使我的心全部碎裂又重新组合，我从来没有在一个陌生人的身上，经验过那种重大的无可比拟的心酸。

那妇人，她的手上还努力地抓住一条绳子，绳子的另一端系在一条老狗的颈上。狗比她还瘦，每一根肋骨都从松扁的肚皮上凸了出来，而狗的右后脚折断了，吊在腿上。狗走的时候，那条断脚悬在虚空中摇晃。但狗非常安静有耐心地跟着主人，缓缓移动。这是多么令人惊吓的景象，仿佛把全世界的酸楚与苦痛都在一刹那间，凝聚在病妇与跛狗的身上。

她们一步步踩着我的心走过，我闭起眼睛，也不能阻住从身上每一处血脉所涌出的泪。

我这条路上的绿灯亮了，但没有一个驾驶人启动车子，甚至没有人按喇叭。这是极少有的景况。在沉寂里，我听见了虚空无数的叹息与悲悯。我相信面对这幅景象，世上没有一个人忍心按下喇叭。

妇人和狗的路上红灯亮了，使她显得更加惊慌。她更着急地想横越马路，但她的着急只能从她的艰难和急切的抖动中看出来，因为不管她多么努力，她的速度也没有增加。从她的脸上也看不出什么，因为她的五官没有一个在正确的位置上。她一着急，口水竟从嘴角涎落了下来。

我们足足等了一个新的红绿灯，直到她跨上对街的红砖道，才有人踩下油门，继续奔赴到目的地去。一时之间，众车怒吼，呼啸通过。这巨大的响声，使我想起刚刚那一刻，在和平西路的这一个路口，世界是全然静寂无声的，人心的喧闹在当时当地，被苦难的景象压迫到一个无法动弹的角落。

我刚过那个路口不久，天色就整个黯淡下来。阳光已飘忽到不可知的所在。回到家，我脸上的泪痕还未完全干去。坐在饭桌前面，我一口饭也吃不下，心里全是一个人牵着一条狗从路口，一步一步，倾斜颠踬地走过。

这个世界的苦难，总是不时地从我们四周跑出来。我们意识到苦难，却反而感知了自己的渺小、感知了自己的无力。我们心心念念想着，要拯救这个世界的心灵，要使人心和平清净，希望众生都能从苦痛的深渊超拔出来，走向光明与幸福，然而，面对着这样瘦小变形的妇人与她的老弱跛足的狗时，我们能做什么呢？世界能为她做什么呢？

我感觉，在无边的黑暗里，我们只是寻索着一点点光明。如果我们不紧紧踩着光明前进，马上就会被黑暗淹没。我想起《楞严经》里的一段，佛陀问他的弟子阿难："眼盲的人和明眼的人处在黑暗里，有什么不同呢？"

阿难说："没有什么不同。"

佛陀说："不同，眼盲的人在黑暗里什么也看不见，但明眼的人在黑暗里看见了黑暗，他看见光明或黑暗都是看见，他的能见之性并没有减损。"

我看见了，但我什么也不能做。我帮不上一点黑暗的忙。这是使我落泪的原因。

夜里，我一点也不能进入定境，好像自己正扭动颤抖地横过十字街口，心潮澎湃难以静止。我没有再落泪，泪在全身的血脉中奔流。

不要指着月亮发誓

“我指着那把树梢涂了银色的圣洁的月亮发誓 ——”

“啊！不要！不要指着月亮发誓，月亮变化无常，每月有圆有缺，你的爱也会发生变化。”

“那我指着什么发誓呢？”

“根本不要发誓，如果你一定要发誓，就指着你那惹人心动的自身发誓好了。那是我崇拜的偶像，我会相信你的。”

这是莎士比亚戏剧里，罗密欧与朱丽叶的一段对白。当罗密欧对着月亮起誓的时候，被朱丽叶制止了。因为在她的眼中月有阴晴圆缺，一点也不可靠，反而“自身”比月亮还要可信任。后来罗密欧说：“你还没有说出你的爱情的忠诚誓约和我交换呢！”

“在你还没有要求的时候，我已经把我的誓言给你了。”朱丽叶动人地说，“但是我想要的只是现在我所有的这点爱情。”

朱丽叶回家时，罗密欧看着她美丽的背影，说：“我生怕这一切都是梦，太快活如意，怕不是真的。”

梁实秋先生已过世了，我找出他翻译的《莎士比亚全集》重读。随意翻到《罗密欧与朱丽叶》，看到这一段颇有感触，尤其人到中年更感觉到“一切都是梦”了。

我从前读过几次这本书，并不是特别喜欢，正如剧中的劳伦斯修道士说的：“最甜的蜜固然本身是味美的，可是不免有一点腻，吃起来要倒胃口。”罗密欧与朱丽叶的爱就像这样，太甜腻了。我的情感观念比较接近劳伦斯说的：“所以要温和的爱，这样方得久远；太快和太慢，其结果是一样迟缓。”

每个人在年轻时候，多少有一点罗密欧与朱丽叶的激情，在梦与醒的边缘、在爱与恨的分际挣扎。爱的时候，不要说对自己、对月亮起誓了，甚至对着皇天后土、宇宙洪荒起誓，恨不能把自己切成一片片放在爱人面前来表明心迹；可是激烈的情爱也导致深刻的仇恨，很少人能在爱人离开时抱着宽容与感激的心情，大多数人都恨不得把负心的人切成一片片来祭祀自己情感的伤痕。

这使我们明白：爱与恨是同一本质的事物。人人都说罗密欧与朱丽叶是个悲剧，但他们到死的那一刻都还坚心相爱，因此他们不是最惨痛的悲剧。从激情的爱转成激烈的恨的情侣才是最惨痛悲苦的。在“风涛泪浪、交互激荡”的失恋的人，想到从前指着月亮发誓的场面，每一次想到所受的折磨都仿佛是死过一回。从这个观点来看，罗密欧与朱丽叶算什么悲剧呢？简直是值得羡慕的团圆了。

在莎士比亚的眼中，爱与恨有一条直通的捷径，也可以说是相似的事物。他透过剧中的劳伦斯修道士说：

啊！草、木、矿石，如果使用得当，
都涵有很多的伟大的力量：
世上没有东西是如此的卑贱，
以致对于世界毫无贡献，
同时物无全美，如果使用不善，
也会失去本性，惹出祸端；
误用起来，善会变成为恶，
好好利用，有时恶亦有好结果。
这朵小花的嫩苞含有毒性，
也能用以治疗某种疾病：
这花只要一嗅，香气贯通全身；
口尝一下便能麻痹一个人的心。
人与药草原是一样，
内中有善有恶，互争雄长，
恶的一面如果占了上风，
死亡很快地要把那植物蛀空。

同时，在《罗密欧与朱丽叶》中也说明了爱与恨都不是永恒的事物，它终有结束之日。爱虽使人说出“你的眼睛比他们二十把剑还要厉害，你只要对我温柔，我不怕他们的敌意”；也让人感受到“一个情人可以跨上夏日空中荡飘的游丝而不会栽下来”。可是，莎士比亚也说：“爱神的样子很温柔，行起事来却如此的粗暴。”“爱情是叹息引起的烟雾，散消之后便有火光在情人眼里暴露；一旦受阻，便是情人眼泪流成的海。”

看清爱与恨在人生中的实相，对我们坚定的步伐是有帮助的。被恨淹没的人是多么愚痴，但被爱所蒙蔽的人不也是一样无知的吗？如果我们能以清明的心来对待爱，并且以更超越的爱来宽恕失落的情意，才能让我们登高，看到人生中更高明的境界。

不要指着月亮发誓，因为月有阴晴圆缺；如果要发誓，请对着自己发誓——让我们真诚地对待人间的一切情爱吧！尽我的所能不去伤害对方，不伤害自己！让爱或恨都能升华，化成我生命中坚强的力量。

家家有明月清风

到台北近郊登山，在陡峭的石阶中途，看见一个不锈钢桶放在石头上，外面用红漆写了两字“奉水”。桶耳上挂了两个塑胶茶杯，一红一绿。在炎热的天气里喝了清凉的水，让人在清凉里感觉到人的温情。这桶水是由某一个居住在这城市里陌生的人所提供的。他是每天清晨太阳未升起时就抬这么重的一桶水来，那细致的用心是颇能体会到的。

在烟尘滚滚的尘世，人人把时间看得非常重要，因为时间就是金钱，几乎到了没有人愿意为别人牺牲一点点时间的地步。即使是要好的朋友，如果没有重要的事情，也很难约集。但是当我在喝“奉水”的时候，想到有人在这上面花了时间与心思，牺牲自己的力气，就觉得在忙碌转动的世界，仍然有从容活着的人。他为自己的想法去实践某些奉献的真理，这就是“滔滔人世里，不受人惑的人”。

这使我想起童年住在乡村，在行人路过的路口，或者偏僻的荒村，都时常看到一只大茶壶，上面写着“奉茶”，有时还特别钉一个木架子把茶壶供奉起来。我每次路过“奉茶”，不管是不是口渴，总会灌一大杯凉茶，再继续前行。到现在我都记得喝茶的竹筒子，里面似乎还有竹林的清香。

我稍稍懂事的时候，看到了奉茶，总会不自禁地想起乡下土地公庙的样子。感觉应该把放置“奉茶”者的心供奉起来，让人瞻仰。他们就是自己土地上的土地公，对土地与人民有一种无言无私之爱。这是“凡劳苦担重担的人，都到我这里来，我必使他得清凉”的胸怀。我想，有时候人活在这个人世，没有留下任何名姓也不是什么要紧的事，只要对生命与土地有过真正的关怀与付出，就算尽了人的责任。

很久没有看见“奉茶”了，因此在台北郊区看到“奉水”时竟低徊良久。到底，不管是茶是水，在乡在城，其中都有人情的温热。山道边一杯微不足道的凉水，使我在爬山的道途中有了很好的心情。并且感觉到不是那么寂寞了。

到了山顶，没想到平台上也有一桶完全相同的钢桶，这时写的不是“奉水”，而是“奉茶”。两个塑胶茶杯，一黄一蓝。我倒了一杯来喝，发现茶是滚热的。于是我站在山顶俯视烟尘飞扬的大地，感觉那准备这两桶茶水的人简直是一位禅师了。在完全相同的桶里，一冷一热，一茶一水，连杯子都配得恰恰刚好，这里面到底隐藏着怎么样的一颗心呢？

我一直认为不管时代如何改变，在时代里总会有一些卓然的人，就好像山林无论如何变化，在山林中总会有一些清越的鸟声一样。同样的，人人都会在时间里变化，最常见的变化是从充满诗情画意逍遥的心灵，变成平凡庸俗而无可奈何，从对人情时序的敏感，成为对一切事物无感。我们在股票号子里（这号子取名真好，有点像古代的厕所）看见许多瞪着看板的眼睛。那曾经是看云、看山、看水的的眼睛；我们看签六合彩的双手，那曾经是写过情书与诗歌的手；我们看为钱财烦恼奔波的那双脚，那曾经是在海边与原野散过步的脚。我们的眼耳鼻舌身意看起来仍然与二十年前无异，可是在本质上，有时中夜照镜，已经完全看不出它们的连结，那理想主义的、追求完美的。

每一个毛孔都充满光彩的我，究竟何在呢？

清朝诗人张灿有一首短诗："书画琴棋诗酒花，当年件件不离他；而今七事都更变，柴米油盐酱醋茶。"很能表达一般人在时空中流转的变化，从"书画琴棋诗酒花"到"柴米油盐酱醋茶"，人的心灵必然是经过了一番极大的动荡与革命，只是凡人常不自觉自省，任庸俗转动罢了。其实，有伟大怀抱的人物也不能免俗，梁启超有一首《水调歌头》我特别喜欢，其后半阕是："千金剑，万言策，两磋跎。醉中呵壁自语，醒后一滂沱。不恨年华去也，只恐少年心事，强半为销磨。愿替众生病，稽首礼维摩。"我自己的心境很接近梁任公的这首词。人生的际遇不怕年华老去，怕的是少年心事的"销磨"，到最后只有"醒后一滂沱"了。

在人生道上，大部分有为的青年，都想为社会、为世界、为人类"奉茶"，只可惜到后来大半的人都回到自己家里喝老人茶了。还有一些人，连喝老人茶自遣都没有兴致了，到中年还能有"奉茶"的心，是非常难得的。

有人问我，这个社会最缺的是什么东西？

我认为最缺的是两种：一是"从容"，一是"有情"。这两种品质是大国民的品质，但由于我们缺少“从容”，因此很难见到步履雍容、识见高远的人；因为缺少“有情”，则很难看见乾坤朗朗、情趣盎然的人。

社会学家把社会分为青年社会、中年社会、老年社会。青年社会有的是“热情”，老年社会有的是“从容”。我们正好是中年社会，有的是“务实”。务实不是不好，但若没有从容的生活态度与有情的怀抱，务实到最后正好是柴米油盐酱醋茶，牺牲了书画琴棋诗酒花。一个彻底务实的人正是死了一半的俗人，一个只知道名利实务的社会，则是僵化的庸俗社会。

在《大珠禅师语录》里记载了禅师与一位讲《华严经》座主的对话，可以让我们看见有情从容的心是多么重要。座主问大珠慧海禅师：“禅师信无情是佛否？”大珠回答说：“不信。若无情是佛者，活人应不如死人；死驴死狗，亦应胜于活人。经云：佛身者，即法身也，从戒定慧生，从三明六通生，从一切善法生。若说无情是佛者，大德如今便死，应作佛去。”

这说明禅的心是有情，而不是无知无感的，用到我们实际的人生也是如此。一个有情的人虽不能如无情者用那么多的时间来经营实利（因为情感是要付出时间的），可是一个人如果随着冷漠的环境而使自己的心也沉滞，则绝对不是人生之福。

人生的幸福在很多时候是得自于看起来无甚意义的事。例如某些对情爱与知友的缅怀；例如有人突然给了我们一杯清茶；例如在小路上突然听见了冰果店里传来一段喜欢的乐曲；例如在书上读到了一首动人的诗歌；例如听见桑间濮上的老妇说了一段充满启示的话语；例如偶然看见一朵酢浆花的开放……总的说来，人生的幸福来自于自我心扉的突然洞开，有如在阴云中突然阳光显露、彩虹当空。这些看来平淡无奇的东西，是在一株草中看见了琼楼玉宇，是由于心中有一座有情的宝殿。

“心扉的突然洞开”，是来自于从容，来自于有情。

生命的整个过程是连续而没有断灭的，因而年纪的增长等于是生活资料的累积。到了中年的人，往往生活就纠结成一团乱麻了。许多人畏惧这样的乱麻，就拿黄金酒色来压制，企图用物质的追求来麻醉精神的僵滞，以至于心灵的安宁和融都展现成为物质的累积。

其实，可以不必如此。如果能有较从容的心情，较有情的胸襟，则能把乱麻的线路抽出、理清，看清我们是如何地失落了青年时代对理想的追求，看清我们是在什么动机里开始物质权位的奔逐。然后想一想：什么是我要的幸福呢？我最初所向往的幸福是什么？我的波动的心为何不再震荡了呢？我是怎么样落入现在这个古井呢？

我时常想起台湾光复初期的童年时代。那时社会普遍地贫穷，可是大部分人都有丰富的人情。人与人间充满了关怀。人情义理也不曾被贫苦生活所昧却。乡间小路的“奉茶”正是人情义理最好的象征。记得我的父亲常挂在嘴上的一句话是：“人活着，要像个人。”当时我不懂这句话的含义，现在才算比较了解其中的玄机。人即使生活条件只能像动物那样，人也不应该活得如动物失去人的有情、从容、温柔与尊严。在中国历代的忧患悲苦之中，中国人之所以没有失去特质，实在是来自这个简单的意念：“人活着，要像个人”！

人的贫穷不是来自生活的困顿，而是来自在贫穷生活中失去人的尊严；人的富有也不是来自财富的累积，而是来自在富裕生活里不失去人的有情。人的富有实则是人心灵中某些高贵特质的展现。

家家都有清风明月，失去了清风明月才是最可悲的！

喝过了热呼呼的“奉茶”，我信步走入林间，看到在落叶层缝中有许多美丽的褐色叶片。拾起来一看，原来是褐蝶的双翼因死亡而落失在叶中。看到蝴蝶的翼片与落叶交杂，感觉到蝴蝶结束了一季的生命其实与树叶无异，尘归尘、土归土，有一天都要在世界里随风逝去。

人的身体与蝴蝶的双翼又有什么两样呢？如果在活着的时候不能自由飞翔，展现这片赤诚的身心，让我们成为宇宙众生迈向幸福的阶梯，反而成为庸俗人类物质化的踏板，则人生就失去其意义，空到人间一回了！

下山的时候，我想，让我恒久保有对人间有情的胸怀，以及一直保持对生活从容的步履；让我永远做一个为众生奉茶供水，在热闹中得到清凉的人。

黄昏月娘要出来的时候

开车从大汉溪到驾歌的路上，黄昏悄悄来临了。原本澄明碧绿的山景先是被艳红的晚霞染赤，然后在山风里静静地黯淡下来，大汉溪沿岸民房的灯盏一个一个被点亮。

夏天已经到了尾声，初秋的凉风从大汉溪那头绵绵地吹送过来。

我喜欢黄昏的时候，在乡间道路上开车或散步，这时可以把速度放慢，细细品味时空的一些变化。不管是时间或空间，黄昏都是一个令人警醒的节点。在时间上，黄昏预示了一天的消失，白日在黑暗里隐遁，使我们有了被时间推迫而不能自主的悲感；在空间上，黄昏似乎使我们的空间突然缩小，我们的视野再也不能自由放怀了，那种感觉就像电影里的大远景被一下子跳接到特写一般。我们白天不在乎的广大世界，黄昏时成为片段的焦点——我们会看见橙红的落日、涌起的山岚、斑灿的彩霞、墨绿的山线、飘忽的树影，都有如定格一般。

事实上，黄昏与白天、黑夜之间并没有断绝。日与夜的空间并不因黄昏而有改变，日与夜的时间也没有断落。那么，为什么黄昏会给我们这么特别的感受呢？欢喜的人看见了黄昏的优美，苦痛的人看见了黄昏的凄凉；热恋的人在黄昏下许诺誓言，失恋的人则在黄昏时看见了光明绝望的沉落。

就像今天开车路过乡间的黄昏，坐在我车里的朋友都因为疲倦而沉沉睡去了。穿过麻竹防风林的晚风拍打着我的脸颊，我感觉到风的温柔、体贴与优雅。黄昏的风是多么静谧，没有一点声息。突然一轮巨大明亮的月亮从山头跳跃出来，这一轮月亮的明度与巨大，使我深深地震动，才想起今天是农历六月十八日。六月的明月一点也不逊于中秋。

我说看见月亮的那一刻使我深深震动，一点也不夸张，因为我心里不觉地浮起两句有一些忧伤的歌词：

> 每日黄昏月娘要出来的时候
> 加添我心内的悲哀

这两句歌词是一首闽南语歌《望你早归》的歌词。记得它的原作曲者杨三郎先生曾说过他作这首歌的背景。那时台湾刚刚光复。因为经历了战乱，他想到每一个家庭都有人离散在外。凡有人离散在外，就会有思念的人，而思念，在黄昏夜色将临时最为深沉和悠远，心里自然有更深的悲意。他于是自然地写下了这一首动人的歌。我最爱的正是这两句。

现在时代已经改变了，战乱离散的悲剧不再和从前一样，但是大家还是爱唱这首歌，原因在于，每个人的心灵深处都埋藏着远方的人呀！我觉得在人的情感之中，最动人的不一定是死生相许的誓言，也不一定是缠绵悱恻的爱恋。这些都会破灭、淡化，甚至从人生中完全消失，唯有思念能穿破时间空间的阻隔，永久在情感的水面上开花，犹如每日黄昏时从山头升起的月亮一样。

远方的思念是情感中特别美丽的一种，可惜在这个时代的人已经逐渐消失了这种情感，就好像愈来愈少人能欣赏晚上的月色、秋天的白云、山间的溪流一般。人们总是想，爱就要轰轰烈烈，要情欲炽盛，要合乎时代的潮流，于是乎，爱的本质就完全地改变了。

思念的情感不是如此。它是心中有情，但眼睛犹能穿透情爱有一个清明的观点。一如太阳在白云之中，有时我们看不见太阳，而大地仍然是非常明亮。太阳是永远在的，一如我们所爱的人，不管他是远离、是死亡、是背弃，我们的思念永远不会失去。

佛经里告诉我们："生为情有"，意思是人因为有情才会投生到这个世界。因此凡是生活在这个世界的人，必然会有许多情缘的纠缠。这些情缘使我们在爱河中载沉载浮，使我们在爱河中沉醉迷惑。如果我们不能在情爱中维持清明的距离，就会在情与爱的推迫之下，或贪恋、或仇恨、或愚痴、或苦痛、或堕落、或无知地过着一生。

尤其是情侣的失散几乎是不可避免的必然了。通常，情感失散的时候会使我们愁苦、忧痛，甚至怀恨，但是我们必须认识到愁苦、忧痛、怀恨都不能挽救或改变失散的事实，反而增添了心里的遗憾。有时我们会感叹，为什么自己没有菩萨那样伟大的情怀，能站在超拔的海面晴空丽日之处，来看人生中波涛汹涌如海的情爱。

其实也没有关系，假如我们不能忘情，我们也可以从情爱中拔起身影。有一个好的面对，这种心灵的拔起，即是以思念之情代替憾恨之念，以思念之情转换悲苦的心。思念虽有悲意，但那样的悲意是清明的，乃是认识了人生的无常、情爱不能永驻之实相。对自我、对人生、对伴侣的一种悲悯之心。

释迦牟尼佛早就看清了人间有免不了的八苦，就是生、老、病、死、爱别离、怨憎会、所求不得、烦恼炽盛。这八苦的来由，归纳起来，就是一个“情”字。有情必然有苦，若能使情成为思念的流水，则苦痛会减轻，爱恨不至于使我们窒息。

我们都是薄地的凡夫。我很喜欢“凡夫”这两个字。凡夫的“凡”字中间有一颗大心。凡夫之所以永为凡夫，正是多了一颗心，这颗心有如铅锤，蒙蔽了我们自性的清明，拉坠使我们堕落。若能使凡夫之心有如黄昏时充满思念的明月，则即使有心，也是无碍了。能以思念之情来转换情爱失落败坏的人，就可以以自己为灯，作自己的归依处，纵是含悲忍泪，也不会失去自己的光明。

佛陀曾说：“情感是由过去的缘分与今世的怜爱所产生，宛如莲花是由水和泥土这两样东西所孕育。”是的，过去的缘分是水，今生的怜爱是泥土，然后开出情感的莲花。

人的情感如果是莲花，就不应该有任何的染着。假如我们会思念、懂得思念、珍惜思念，我们的思念就会化成情感莲花上清明的露水，在清晨或黄昏，闪着眩目的七彩。

每日黄昏月娘要出来的时候
加添我心内的悲哀

我轻轻地唱起了这《望你早归》的思念之歌，想象着这流动在山林中的和风，有可能是我们思念的远方的人轻轻的呼吸。在千山万水之外，在千年万岁之后，我们的思念是一枚清楚的戳印，它让我们来到这个世界，不失前世的尘缘；它让我们转入未来的时空，还带着今生的记忆。

引动我们悲意的月亮，如果我们能清明，也会使我们心中的明月在乌云密布的山水之间升起。

我想起两句偈：

心清水现月
意定天无云

然后我踩下油门，穿过林间的小路，让风吹过，让月光肤触，心中响着夜曲一般小提琴的声音。琴声围绕中还有一盏灯火，我自问着：远方的人不知听不听得见这思念的琴声？不知看不看得见这光明的灯盏？

你呢？你听见了吗？你看见了吗？

怀君与怀珠

在清冷的秋天夜里，我穿过山中的麻竹林，偶尔抬头看见了金黄色的星星，一首韦应物的短诗突然从我的心头流过：

> 怀君属秋夜，散步咏凉天。
> 空山松子落，幽人应未眠。

我很为这瞬间浮起的诗句而感到一丝震动，因为我到竹林，并不是为了散步，而是到一间寺院的后山游玩。不觉间天色就晚了（秋日的夜有时来得出奇的早），我就赶着回家的路，步履是有点匆忙的。并且，四周也没有幽静到能听见松子的落声，根本是没有一株松树的，耳朵里所听见的是秋风飒飒的竹叶（夜里有风的竹林还不断发出咿咿歪歪的声音）——为什么这一首诗会这样自然地从心田里升了出来？

也许是我走得太急切了，心境突然陷于空茫，少年时期特别钟爱的诗就映现出来。

我想起了上一次这首诗流出心田的时空。那是前年秋天我到金门去，夜里住在招待所里。庭院外种了许多松树。金门的松树到秋冬之际会结出许多硕大的松子。那一天，我洗了热呼呼的澡，正坐在窗前擦拭湿了的发，忽然听见院子里传来噼噼剥剥的声音。我披衣走到庭中，发现原来是松子落在泥地的声音。“呀！原来松子落下的声音是如此的巨大！”我心里轻轻地惊叹着。

捡起了松子捧在手上，韦应物的诗就跑出来了。

于是，我真的在院子里独自地散步。虽然不在空山，却想起了从前的、远方的朋友。那些朋友有许多已经多年不见了，有一些也失去了消息，可是在那一刻仿佛全在时光里会聚。一张张脸孔，清晰而明亮。我的少年时代是极平凡的，几乎没有什么可歌可泣的事迹，但是在静夜里想到曾经一起成长的朋友，却觉得生活是可歌可泣的。

我们在人生里，随着岁月的流逝而感觉到自己的成长（其实是一种老去），会发现每一个阶段都拥有了不同的朋友，友谊虽不至于散失，聚散却随因缘流转，常常转到我们一回首感到惊心的地步。比较可悲的是，那些特别相知的朋友往往远在天际，泛泛之交却近在眼前，因此，生活里经常令我们陷入一种人生寂寥的境地。“会者必离”，“当门相送”，真能令人感受到朋友的可贵。朋友不在身边的时候，感觉到能相与共话的，只有手里的松子，或者只有林中正在落下的松子！

在金门散步的秋夜，我还想到《菜根谭》的几句话：“风来疏竹，风过而竹不留声；雁渡寒潭，雁去而潭不留影。故君子事来而心始现，事去而心随空。”朋友的相聚，情侣的和合，有时心境正是如此，好像风吹过了竹林，互相有了声音的震颤，又仿佛雁子飞过静止的潭面，互相有了影子的照映，但是当风吹过，雁子飞离，声音与影子并不会留下来。可惜我们做不到那么清明一如君子，可以“事来而心始现，事去而心随空”，却留下了满怀的惆怅、思念与惘然。

平凡人总有平凡人的悲哀。这种悲哀乃是寸缕缠绵，在撕裂的地方、分离的处所，留下了丝丝的穗子。不过，平凡人也有平凡人的欢喜。这种欢喜是能感受到风的声音与雁的影子。在吹过飞离之后，还能记住一些锥心的怀念与无声的誓言。悲哀有如橄榄，甘甜后总有涩味；欢喜则如梅子，辛酸里总有回味。

那远去的记忆是自己，现在面对的还是自己，将来不得不生活的也是自己。为什么在自己里还有另一个自己呢？站在时空之流的我，是白马还是芦花？是银碗或者是雪呢？

我感觉怀抱着怀念生活的人，有时像白马走入了芦花的林子，是白茫茫的一片，有时又像银碗里盛着新落的雪片，里外都晶莹剔透。

在想起往事的时候，我常惭愧于做不到佛家的境界，能对境而心不起。我时常有的是对于逝去的时空有一些残存的爱与留恋，那种心情是很难言说的，就好像我会珍惜不小心碰破口的茶杯，或者留下那些笔尖磨平的钢笔，明知道茶杯与钢笔都已经不能再使用了，也无法追回它们如新的样子。但因为这只茶杯曾在无数的冬夜里带来了清香和温暖，而那支钢笔则陪伴我度过许多思想的险峰，记录了许多过往的历史，我不舍得丢弃它们。

人也是一样，对那些曾经有恩于我的人，那些曾经爱过我的朋友，或者那些曾经在一次偶然的会面启发过我的人，甚至那些曾践踏我的情感、背弃我的友谊的人，我都有一种不忘的本能。有时不免会苦痛地想，把这一切都忘得干净吧！让我每天都有全新的自己！可是又觉得人生的一切如果都被我们忘却，包括一切的忧欢，那么生活里还有什么情趣呢?

我就不断地在这种自省之中，超越出来，又沦陷进去，好像在野地无人的草原放着风筝。风筝以竹骨隔成两半，一半写着生命的喜乐，一半写着生活的忧恼，手里拉着丝线，飞高则一起飞高，飘落就同时飘落，拉着线的手时松时紧，虽然渐去渐远，牵挂还是在手里。

但，在深处里的疼痛，还不是那些生命中一站一站的欢喜或悲愁，而是感觉在举世滔滔中，真正懂得情感、知道无私地付出的人，是愈来愈少见了。我走在竹林里听见飒飒的风声，心里却浮起“空山松子落，幽人应未眠”的句子正是这样的心情。

韦应物寄给朋友的这首诗，我感受最深的是“怀君”与“幽人”两词。怀君不只是思念，而有一种置之怀袖的情致，是温暖、明朗、平静的。当我们想起一位朋友，能感到有如怀袖般贴心，这才是“怀君”！而幽人呢？是清雅、温和、细腻的人，这样的朋友一生里遇不见几个，所以特别能令人在秋夜里动容。

朋友的情义是难以表明的，它在某些质地上比男女的爱情还要细致。若说爱情是彩陶，朋友则是白瓷。在黑暗中，白瓷能现出它那晶明的颜色，而在有光的时候，白瓷则有玉的温润，还有水晶的光泽。君不见在古董市场里，那些没有瑕疵的白瓷，是多么名贵呀！

当然，朋友总有人的缺点。我的哲学是，如果要交这个朋友，就要包容一切的缺点，这样，才不会互相折磨、相互受伤。

包容朋友就有如贝壳包容怀里的珍珠一样。珍珠虽然宝贵而明亮，但它是有可能使贝壳受伤的。贝壳要不受伤只有两个法子：一是把珍珠磨圆，呈现出其最温润光芒的一面；一是使自己的血肉更柔软，才能包容那怀里外来的珍珠。前者是帮助朋友，使他成为“幽人”，后者是打开心胸，使自己常能“怀君”。

我们在混乱的世界希望能活得有味，并不在于能断除一切或善或恶的因缘，而要学习怀珠的贝壳，要有足够广大的胸怀来包容，还要有足够柔软的风格来承受！

但愿我们的父母、夫妻、儿女、伴侣、朋友都成为我们怀中的明珠，甚至那些曾经见过一面的、偶尔擦身而过的、有缘无缘的人都成为我怀中的明珠，在白日、在黑夜都能散放互相映照的光芒。

一朝

十二岁的时候，第一次读《红楼梦》，似懂非懂读到林黛玉葬花的那一段，以及她的《葬花辞》，里面有这样几句：

尔今死去侬收葬，未卜侬身何日丧？
侬今葬花人笑痴，他年葬侬知是谁？
试看春残花渐落，便是红颜老死时。
一朝春尽红颜老，花落人亡两不知！

那是我第一次感受到落花也会令人忧伤，而人对落花也像待人一样，有深刻的情感。那时当然不知道林黛玉的自伤之情胜过于花朵的对待，但当时也起了一点疑情，觉得林黛玉未免小题大做——花落了就是落了，有什么值得那样感伤！少年的我正是“侬今葬花人笑痴”那个笑她的人。

我会感到葬花好笑是有背景的。那时候父亲为了增加家用，在田里种了一亩玫瑰。因为农会的人告诉他，一定有那么一天，一朵玫瑰的价钱可以抵上一斤米。可惜父亲一直没有赶上一朵玫瑰一斤米的好时机。二十几年前的台湾乡下，根本不会有人神经到去买玫瑰来插。父亲的玫瑰是种得不错，却完全滞销，弄到最后懒得去采收了。一时也想不出改种什么，玫瑰田就荒置在那里。

我们时常跑到玫瑰田去玩。每天玫瑰花瓣，黄的、红的、白的落了一地，用竹扫把一扫就是一簸箕。到后来大家都把扫玫瑰田当成苦差事，扫好之后顺手倒入田边的旗尾溪。千红万紫的玫瑰花瓣霎时铺满河面，往下游流去。偶尔我也能感受到玫瑰飘逝的忧伤之美，却绝对不会痴到去葬花。

不只玫瑰是大片大片地落，在我们山上，春天到秋天，坡上都盛开着野百合、野姜花、月桃花、美人蕉，有时连相思树上都是一片白茫茫。风吹来了，花就不可计数地纷飞起来。山上的孩子看见落花流水，想的都是节气的改变，有时候压根儿不会想到花，更别说为花伤情了。

只有一次为花伤心的经验，是有一年父亲种的竹子突然有十几丛开花了。竹子花真漂亮，细致的、金黄色的，像满天星那样怒放出来。父亲告诉我们，竹子一开花就是寿限到了。花朵盛放之后，就会干枯、死去。而且通常同一母株育种的竹子会同时开花，母亲和孩子会同时结束生命。那时我每到竹林里看极美丽绝尘不可逼视的竹子花就会伤心一次。到竹子枯死的那一阵子，总会无端地落下泪来。不过，在父亲插下新枝后，我的伤心也就一扫而空了。

多几次感受到竹子开花这样的经验，就比较知道林黛玉不是神经，只是感受比常人敏锐罢了。也慢慢能感受到那种借物抒情、反观自己的情怀。

昨宵庭外悲歌发，知是花魂与鸟魂？
花魂鸟魂总难留，鸟自无言花自羞。
愿奴胁下生双翼，随花飞到天尽头。
天尽头，何处有香土丘？
未若锦囊收艳骨，一抔净土掩风流，
质本洁来还洁去，强于污淖陷渠沟。

长大一点，我更知道了连花草树木都与人有情感、有因缘，为花草树木伤春悲秋，欢喜或忧伤是极自然的事。能在欢喜或悲伤时，对境有所体会观照，正是一种觉悟。

最近又重读了《红楼梦》，就体会到花草原是法身之内。一朵花的兴谢与一个人的成功失败并没有两样。人如果不能回到自我，做更高智慧之追求，使自己明净而了知自然的变迁，有一天也会像一朵花一样在无知中凋谢了。

同时，看一片花瓣的飘落，可以让我们更深地感知无常，正如贾宝玉在山坡上听见黛玉的《葬花辞》“不觉恸倒山坡上，怀里兜的落花撒了一地”。那是他想到黛玉的花容月貌终有无可寻觅之时，又推想到宝钗、香菱、袭人亦会有无可寻觅之时，当这些人都无可寻觅，自己又安在呢？自身既不知何在何往，将来斯处、斯园、斯花、斯柳，又不知当属谁姓！

看看这种无常感，怎么能不恸倒山坡上？我觉得，整部《红楼梦》就在表达“人生如梦”四字。这是一种无可奈何的无常，只是借黛玉葬花来说，使我们看到了无常的焦点。《红楼梦》还有一支曲子，我非常喜欢，说的正是无常：

为官的，家业凋零；富贵的，金银散尽；有恩的，死里逃生；无情的，分明报应。欠命的，命已还；欠泪的，泪已尽；冤冤相报自非轻，分离聚合皆前定，欲知命短问前生，老来富贵也真侥幸。看破的，遁入空门；痴迷的，枉送了性命；好一似食尽鸟投林，落得片白茫茫大地真干净。

从落花而知大地有情，这是体会；从葬花而知无常苦空，这是觉悟；从觉悟中知道万法了不可得，应该善自珍摄，不要空来人间一回，这就是最初步的菩提了。读《红楼梦》不也能使我们理解到青原唯信禅师说的过程吗？

三十年前见山是山，见水是水。及后亲见亲知，有个入处，见山不是山，见水不是水。如今得个休歇处，依旧见山只是山，见水只是水。

相传从前有一位老僧，经卷案头摆了一部《红楼梦》。一位居士去拜见他，感到十分惊异，问他："和尚也喜欢这个？"

老僧从容地说："老僧凭此入道。"

这虽是传说，但也不无道理。能悟道的，黄花翠竹、吃饭睡觉、瓦罐瓶杓都会悟道了，何况是《红楼梦》！

虽然《红楼梦》和“悟道”没有必然关系，但只要时时保有菩提之心，保有反观的觉性，就能看出在言情之外言志的那一部分，也可以看到隐在小儿女情意背后那广大的空间。

知悉了大地有情、觉悟了无常苦空、体会了山水的真实、保有了清明的菩提，我们如何继续前行呢？正是“一朝春尽红颜老”的那个“一朝”，是“万古长空，一朝风月”的“一朝”，是知道“放弃今日就没有来日，不惜今生就没有来生”！是“此身不向今生度，更待何生度此身”！是“当下即是”！是“人圆即佛成”！

那么就在每一个“一朝”中保有菩提，心田常开智慧之花。

太阳雨

对太阳雨的第一印象是这样子的。

幼年随母亲到芋田里采芋梗，要回家做晚餐。母亲用半月形的小刀把芋梗采下，我蹲在一旁看着，想起芋梗油焖豆瓣酱的美味。

突然，被一阵巨大震耳的雷声所惊动，那雷声来自远方的山上。

我站起来，望向雷声的来处，发现天空那头的乌云好似听到了召集令，同时向山头的顶端飞驰奔跑去集合，密密层层地叠成一堆。雷声继续响着，仿佛战鼓频催，一阵急过一阵。忽然，将军喊了一声："冲呀！"

乌云里哗哗洒下一阵大雨。雨势极大，大到数公里之外就听见噼啪之声，撒豆成兵一样。我站在田里被这阵雨的气势慑住了，看着远处的雨幕发呆，因为如此巨大的雷声、如此迅速集结的乌云、如此不可思议的澎湃之雨，是我第一次看见。

说是"雨幕"一点也不错，那阵雨就像电影散场时拉起来的厚重黑幕，整齐地拉成一列。雨水则踏着军人的正步，齐声踩过田原，还呼喊着雄壮威武的口令。

平常我听到大雷声都要哭的，那一天却没有哭，就像第一次被鹅咬到屁股，意外多过惊慌。最奇异的是，雨虽是那样大，离我和母亲的位置不远，而我们站的地方阳光依然普照。母亲也没有要跑的意思。

“妈妈，雨快到了，下很大呢！”

“是西北雨，没要紧，不一定会下到这里。”

母亲的话说完才一瞬间，西北雨就到了，有如机枪掠空，哗啦一声从我们头顶掠过，就在扫过的那一刹那，我的全身已经湿透。那雨滴的巨大也超乎我的想象，炸开来几乎有一个手掌，打在身上，微微发疼。

西北雨淹住我们，继续向前冲去。奇异的是，我们站的地方仍然阳光普照，使落下的雨丝恍如金线，一条一条编织成金黄色的大地，溅起来的水滴像是碎金屑，真是美极了。

母亲还是没有要躲雨的意思，事实上空旷的田野也无处可躲，她继续把未采收过的芋梗采收完毕。记得她曾告诉我，如果不把粗的芋梗割下，包覆其中的嫩叶就会壮大得慢，在地里的芋头也长不坚实。

把芋梗用草捆扎起来的时候，母亲对我说：“这是西北雨。如果边出太阳边下雨，叫作日头雨，也叫作三八雨。”接着，她解释说：“我刚刚以为这阵雨不会下到芋田，没想到看错了，因为日头雨虽然大，却下不广，也下不久。”

我们在田里对话就像家中一般平常，几乎忘记是站在庞大的雨阵中。母亲大概是看到我愣头愣脑的样子，笑了，说：“打在头上会痛吧！”然后顺手割下一片最大的芋叶，让我撑着，芋叶遮不住西北雨，却可以暂时挡住雨的疼痛。

我们工作快完的时候，西北雨就停了。我随着母亲沿田埂走回家，看到充沛的水在圳沟里奔流，整个旗尾溪都快涨满了。可见这雨虽短暂，却是多么巨大。

太阳依然照着，好像无视于刚刚的一场雨。我感觉自己身上的雨水向上快速地蒸发，田地上也像冒着腾腾的白气。觉得空气里有一股甜甜的热，土地上则充满着生机。

“这西北雨是很肥的，对我们的土地是最好的东西。我们做田人，偶尔淋几次西北雨，以后风呀雨呀，就不会轻易让我们感冒。”田埂只容一人通过，母亲回头对我说。

这时，我们走到蕉园附近，高大的父亲从蕉园穿出来，全身也湿透了。“咻！这阵雨真够大！”然后他把我抱起来，摸摸我的光头，说：“有给雷公惊到否！”我摇摇头，父亲高兴地笑了：“哈……金刚头，不惊风、不惊雨、不惊日头。”

接着，他把斗笠戴在我头上，我们慢慢地走回家去。

回到家，我身上的衣服都干了。在家院前我仰头看着刚刚下过太阳雨的田野远处，看到一条圆弧形的彩虹，晶亮地横过天际。天空中干净清朗，没有一丝杂质。

每年到了夏天，在台湾南部都有西北雨。午后刚睡好午觉，雷声就会准时响起。有时下在东边，有时下在西边，像是雨和土地的约会。在台北都城，夏天的时候如果空气污浊，我就会想：“如果来一场西北雨就好了！”

西北雨虽然狂烈，却是土地生机的来源，也让我们在雄浑的雨景中，感到人是多么渺小。

我觉得这世界之所以会人欲横流、贪婪无尽，是由于人不能自见渺小，因此对天地与自然的律则缺少敬畏的缘故。大风大雨在某些时刻给我们一种无尽的启发。记得我小时候遇过几次大台风，从家里的木格窗，看见父亲种的香蕉，成排成排地倒下去，心里忧伤，却也同时感受到无比的大力，对自然有一种敬畏之情。

台风过后，我们小孩子会相约到旗尾溪“看大水”。看大水淹没了溪洲，淹到堤防的腰际。上游的牛羊猪鸡，甚至农舍的屋顶，都在溪中浮沉漂流而去。有时还会看见两人合围的大树，整棵连根流向大海，我们就会默然肃立，不能言语。呀！从山水与生命的远景看来，人是渺小一如蝼蚁的。

我时常忆起那骤下骤停、瞬间阳光普照；或一边下大雨、一边出太阳的“太阳雨”。所谓的“三八雨”就是一块田里，一边下着雨，另外一边却不下雨。我有几次站在那雨线中间，让身体的右边接受雨的打击、左边接受阳光的照耀。

“三八雨”是人生的一个谜题，使我难以明白。问了母亲，她三言两语就解开这个谜题，她说：

“任何事物都有界限，山再高，总有一个顶点；河流再长，总能找到它的起源；人再长寿，也不可能永远活着。雨也是这样，不可能遍天下都下着雨，也不可能永远下着……”

在过程里固然变化万千，结局也总是不可预测的。我们可能同时接受着雨的打击和阳光的温暖，我们也可能同时接受阳光无情的曝晒与雨水有情的润泽。山水介于有情与无情之间，能适性地、勇敢地举起脚步。我们就不会因自然的轻易得到感冒。

在苏东坡的词里有一首《水调歌头》，是我很喜欢的，他说：

落日绣帘卷，亭下水连空。
知君为我新作，窗户湿青红。
长记平山堂上，欹枕江南烟雨，渺渺没孤鸿。
认得醉翁语：山色有无中。
一千顷，都镜净，倒碧峰。
忽然浪起，掀舞一叶白头翁。
堪笑兰台公子，未解庄生天籁，刚道有雌雄。
一点浩然气，千里快哉风！

在人生广大的倒影里，原没有雌雄之别。千顷山河如镜，山色在有无之间，使我想起南方故乡的太阳雨。最爱的是末后两句："一点浩然气，千里快哉风！"心里存在浩然之气的人，千里的风都不亦快哉，为他飞舞、为他鼓掌！

这样想来，生命的大风大雨，不都是我们的掌声吗？

总有群星在天上

我沿着开满绿茵的小路散步，背后忽然有人说：“你还认识我吗？”

我转身凝视她半天，老实地说：“我记不得你的名字了。”

她说：“我是你年轻时第一次最大的烦恼。”她的眼睛极美，仿佛是大气中饱孕露珠的清晨，试图唤醒我的回忆。

我默默地站了一会儿，感到自己就是那清晨。我说：“你已卸下了你泪珠中的一切负担了吗？”

她微笑不语。我感觉到她的笑语就是从前眼泪所化成的。

“你曾说，”看到我有如湖水般清澈平静，她忍不住低声地说，“你曾说，你会把悲痛永远刻在心版。”

我脸红了。说：“是的，但岁月流转，我已忘记悲痛。”

然后，我握着她的手说：“你也变了。”

“曾经是烦恼的，如今已变成平静了。”她说。

最后，我们牵着手在开满绿茵的小路散步。两个人都像清晨大气中饱含的露珠，清澈、平静、饱满。

“昨天悲痛的露珠早已消散，今晨的露珠也在微笑中，逐渐地消散了。”

这是泰戈尔《即兴诗集》里的一段，我改写了一点点，使它具有一些“林清玄风格”，寄给你。我觉得这一段话很能为我们情爱的过往写下注脚。我偶尔也会遇见年轻时给我悲痛与烦恼的人，就感觉自己很能接近这首叙事诗的心情了。

我很能体会你此时的心情，因为不想伤害别人，以致迟迟不能做出分手的决定。你是那样的善良与纯真（就像我的少年时代），可是，往往因为我们不忍别人受伤，到最后，自己却受了最大的伤害。那就像把一支蜡烛围起来烧一样（因为我们怕烧到别人），自己承受了浓烟和窒息。其实，只要我们把蜡烛拿到桌面上，黑暗的房子看得更清楚，自己和别人说不定因此有一些光明与温暖的体会。

这些年来，我日益觉得智慧的重要。什么是“智慧”呢？智是观察和思考的能力，慧是抉择与判断的能力。你的情形是很容易做观察和抉择的。爱上你的人是你不该爱的人，而选择分手可以使你卸下负担得到自由，为什么不选择及早地分手呢？你不忍对方受伤害，但是，爱必然会带着伤害，特别是不正常不平衡的爱。伤害是必然的，我们要学习受伤，别人也要学习受伤呀！

我再写一首泰戈尔的短诗给你：

> 烟对天空、灰对大地自夸：
> “火是我们的兄弟。”
> 悲伤对心、烦恼对生命自矜：
> “爱是我们的姊妹。”
> 问了火和爱，他们都说：

“我们怎么会有那样的兄弟姊妹？”

“我的兄弟是温暖和光明。”火说。

“我的姊妹是温柔与和平。”爱说。

在我们生命的岁月里，火和爱或许是必要的，但不必要弄得自己烟尘滚滚、灰头土脸，也不必一定要悲伤和烦恼，那就像每天有黎明与日落一般，大地是坦然地承受罢了。不正常与不平衡的爱是人生最好的启蒙，就如同乌云与暴风雨是天空最好的启示一般。关于心、关于生命，没有什么是真正的伤害，也没有什么是真正的好。雨在下的时候可能觉得自己对茉莉花是有好处的，但盛开的茉莉花可能因为一场微雨凋落了；曝晒的阳光可能觉得自己会伤害秋日的土地，但土地中的种子却因为阳光能青翠地发芽了。爱情的成熟与圆满正是如此，只要不失真心，没有什么可以伤害我们真实的生命。

在写信给你的时候，我的思想像一只天鹅飞翔，忆起自己在笔记上写过的一些东西：

箭在弓上时，箭听见弓的低语：

“你的自由是我给予的。”

箭射出时，回头对弓大声说：

“我的自由是我自己的。”

——没有飞翔，就没有自由。

——没有放下，就没有自由。

——没有自由，弓与箭都失去意义。

这些都是游戏的笔墨，我们千万别忘了弓箭之后有拉弓的力，力之后还有人。人还要站在一个广大的空间上。

人人都渴望爱情，即使我们正处在其中的爱情不是最好的，却因为渴求而盲目了。这一点连天神也不例外。希腊神话里太阳神阿波罗在追求猎户少女多妮时，因为追不到，使她被父亲化成一棵月桂树，然后感叹地说："你虽不爱我，但最低限度你必须成为我的树。"从此，阿波罗的头上总是戴着月桂冠，纪念他对多妮的爱。牧神潘恩则把女神灵化成一簇芦苇，并把她化成一支芦笛随身携带。世上最美的少年勒施萨斯无法全心地爱别人（因为他太爱自己了），最后他化为池中的一朵水仙花。另一位美少年海亚仙英斯则因为阿波罗的忌妒而变成一支随风漂泊的风信子……

神话是一个象征。象征人要从情爱中得到自由自在、无碍解脱是多么艰难呀！但是学习是人间的功课，到现在我还在学习。只是我每看到人在情爱中挣扎都是感同身受，希望别人早日得到超越。那是因为我们的学习不一定要自己深陷泥沼才会体验到。有观照之智、抉择之慧，也知道那泥沼的所在和深浅，绕道而行或跨步而过。

希望下次收到你的信，就听见你的好消息。我们不必编月桂冠戴在头上，不必随身携带芦笛。人生有许多花朵等我们去采。如果只想采断崖绝壁那一朵绝美的百合，很可能百合没有采到，清晨已经消逝了。

青春的珍惜是最重要的。在不正常不平衡的爱里浪掷青春，将会使人生的黄金岁月过得茫然而痛苦。青春像鸟，应该努力往远处飞翔。爱情纵使贵如黄金，在鸟的翅膀绑着黄金，也会使最善飞的鸟为之坠落！

屋里的小灯虽然熄灭了，
但我不畏惧黑暗，
因为，总有群星在天上。
爱情虽然会带来悲伤，
一如最美的玫瑰有刺，
但我不畏惧玫瑰，
因为，我有玫瑰园，
我只欣赏，而不采摘。

但愿这封信能抚慰你挣扎的心，并带来一些启示。

阿火叔与财旺伯仔

十年没有上父亲的林场了，趁年假和妈妈、兄弟，带着孩子们上山。

车过六龟乡的新威农场，发现沿途的景观与从前不大相同了。道路宽敞，车子呼啸而过。想到从前有一次和哥哥坐在新威学校门口，看一小时才一班的客运车，喘着气登山而去，我对哥哥说："长大以后，如果能当客运车司机就好了。"然后我们挽起裤管入山，沿山溪行走，要走一个小时才会到父亲开山时住的山寮。那时用竹草搭成的寮仔里，住着父亲和他的三位至交阿火叔、成叔、财旺伯仔。

父亲当时还是多么年轻强壮。从南洋战后回来，和少年时的伙伴一起来开山。三十几年前的新威山上还是一片非常原始的林地，没有道路，渺无人居，水电那是更不用说。听父亲说起，刚开山的时候，路上蛇虫爬行，时常与石虎、山猪、猴子、山羌、穿山甲惊慌相对。在寒冷的冬夜睡醒，发现山寮里的地方全是盘旋避寒的蛇。有时要把蛇拨开，才能找到落脚的地方走出去。

那时，我刚刚出世。父亲为了开山，有时整个月没有时间低下头来看我一眼。听母亲这样说。

母亲说："你爸爸为了开山，每天清晨从家里骑脚踏车到新威。光骑车就要两小时。然后步行到深林里去。有时候则整季住在山里。”

每到立秋，雨季来的时候，母亲在夜里常为远方的暴雨与雷声惊醒，不知道在山洪中与命运搏斗的父亲，是否能平安归来。

一直经过二十几年，父亲的四百多甲山林才大致开垦出来。产业道路可以通卡车了。电灯来了，电话线通了，桃花心木、南洋杉、刺竹林都可以收成了。父亲竟带着未完成的梦想离开了我们。

在新威的路上，妈妈告诉我，阿火叔在前年因肺气肿也过去了。成叔离开山林后不知去向。现在山里只剩财旺伯仔住着。听到这些事，使我因无常而感到哀伤，想到在三十几年前，几个刚步入壮年的朋友，一起挥别家人来开山的情景。

当我站在山里，对孩子说：“我们刚刚走过的路都是阿公开出来的。现在你所看得到的山都是我们的，是阿公种好的。”孩子茫然地说：“真的吗？真的吗？”对一个城市长大的孩子，真的很难以想象四百甲山林是多么巨大，无有边际。

小时候，我很喜欢到山里陪爸爸住，因为只有这样才有更多时间与父亲相处。在山中的父亲也显得特别温柔。他会带我们去溪涧游泳，去看他刚种的树苗，去认识山林里的动物和植物，甚至教我们使用平常不准触摸的番刀与猎枪。

我特别怀念的是与父亲、成叔、阿火叔、财旺伯仔一起穿着长长的雨鞋，到尚未开发的林地去巡山，检查土质山势风向，决定怎么样开发。父亲对森林那种专注的热情，常使我深深感动和向往，仿佛触及支持父亲梦想的那内在柔软的草原。我也怀念立秋雨季来的时候，我们坐在山寮的屋檐下看丰沛的雨水灌溉山林；夜里，把耳朵贴在木板床上，听着滚滚隆隆的山洪从森林深处流过山脚；油灯旁边，父亲煮着决明子茶，芬芳的水气在屋子里徘徊了一圈，才不舍地逸入窗外的雨景。

我对父亲有深刻的崇仰与敬爱，和他在森林开垦的壮志是不可分的。

那样美好的山林生活，一晃已经三十年了。当我看见财旺伯仔的时候，感觉那就像梦一样。财旺伯仔看见我们，兴奋地跑过来和我们拥抱。他的子孙也都离开山林，只有他和财旺伯母数十年地守着山寮，仍然每天挑着水桶走三公里到溪底挑水，白天去巡山，夜里倾听大溪的流声。

提到父亲、阿火叔的死，成叔的离山，他只是长长地叹一口气。他说："我现在也不喝酒了，没有酒伴唉！"

他带我们爬到山的高处，俯望着广大的山林，说："你爸爸生前就希望你们兄弟有人能到山里来住。这个希望不知道能不能实现呢！"然后，他指着刺竹林山坡说："阿玄仔，你看那里盖个寮仔也不错，只要十几万就可以盖得很美呀！"

在我成长的岁月里，有无数次曾立志回来经营父亲的森林，但是年纪愈长，那梦想的芽苗则隐藏得愈深了。随着岁月流逝，我愈来愈能了解父亲少年时代的梦。其实，每个人都有过山林的梦想，只是很少很少人能去实践它。

我的梦想已经退居到对财旺伯仔说："如果能再回山来住几天就好了。"

离开财旺伯仔的山寮已是黄昏。他和伯母站在大溪旁送我们，直到车子开远，还听见他的声音："立秋前再来一趟呀！"

天色黯了，我回头望着安静的森林，感觉到林地的每一寸中，都有父亲那坚强高大的背影。

静静的鸢尾花

第一次看见梵高画的鸢尾花使我心中为之一震。梵高画过两幅鸢尾花：一幅是海蓝色的鸢尾花盛开在田野，背景是翠绿色，开了许多橘黄色的菊花；另外一幅是在花瓶里，嫩黄色背景前面的鸢尾花已经变黑了，有一株全黑的竟已枯萎衰败，倒在花瓶旁边。

这两幅著名的鸢尾花，前者画于 1889 年的夏天，后者画于 1890 年 5 月，而梵高在两个月后的 7 月 27 日举枪自杀。

我之所以感到震撼，来自于两个原因：一是画家如此强烈地在画里表现出他心境的转变，同样是鸢尾花，前者表现了春日的繁华，后者则是冬季的凋萎；一是鸢尾花又叫紫罗兰，一向给我们祥和、安宁、温馨的象征，在画家的笔下，却是流动而波涛汹涌。

我是在荷兰阿姆斯特丹的梵高美术馆看见梵高那两幅鸢尾花的。一幅是真迹，另一幅是复制品。看完后在阿姆斯特丹市立公园的喷水池旁，就看见了一大片的鸢尾花，宝蓝而带着粉紫，是那么美丽而柔美。叶片的线条笔直爽朗，使我很难以把真实的与画家笔下的鸢尾花合而为一。因为透过梵高的心象，鸢尾花如同拔起的一只巨鸢，正用锐眼看着这波折苦难的人间。

坐在公园的铁椅上，我就想起了梵高与鸢尾花的名字。我想到“梵”字如果改成“焚”字，就更能表达梵高那狂风暴雨一般的画风了。而鸢鸟呢？本来是一种凶猛的禽类。它的头顶和喉部是白色，嘴是蓝色，身体是带紫的褐色，腹部是淡红色，尾巴则是黑褐色。如果用颜色与形貌来看，紫罗兰应该叫“鸢头花”，由于用这样的猛禽来形容，使得我们对鸢竟而有了一种和平与浪漫的联想。

在近代的艺术史上，许多艺术家都有争议之处。梵高是少数被公认为“伟大的艺术家”而没有争议的。梵高也是不论学院的教授或民间的百姓都能为之感动的画家。我喜欢他早期的几幅作品，像《食薯者》《两位挖地的妇女》《拾穗的农妇》《播种者》等等，都是一般人看了也会为之震动的作品，特别是一幅《小麦束》，全画都是金黄色，收割后的麦子累累地要落到地上来，真是美丽，充满了温馨。

我想，我们会喜欢梵高，乃是由于他对绘画那专注虔诚的态度。这种专注虔诚非凡人所能为；其次，是他内在那热烈狂飙的风格，是我们这些表面理性温和者所潜藏的特质；其三，是他那种魄大而勇敢、迹近于赌注的线条，仿佛在呼唤我们一样。我觉得还有一个更可佩的理由，是在梵高的画里我们只看见明朗的生命之爱，即使是他生命中最晦暗的时刻，他的画都展现欢腾的生命力，好像是要救赎世人一样。怪不得左拉曾说梵高是“基督再世”。这是对一个艺术家最大的赞美了。

现在我们再回到梵高的鸢尾花吧！他的一幅鸢尾花曾以美

金五千三百九十万拍卖，是全世界最贵的绘画（就是把全世界的鸢尾花全剪下来卖，也没有这个价钱），可见艺术心灵的价值是难以估算的。我最近重读梵高写给弟弟西奥的全部书简，在心里作为梵高逝世一百周年的纪念，以表示崇敬之意。

我们来看他的两幅鸢尾花绘画时的背景，第一幅 1889 年夏天，梵高写道：

> 噢！我亲爱的西奥，但愿你能看到此刻的橄榄树丛！它的叶子像古银币，那一簇簇的银在蓝天和橙土的衬托下转化绿，有时候真与你人在北方所想的大异其趣哪！它好似我们荷兰草原上的柳树或海岸沙丘上的橡树；它的飒飒声有股异常的神秘滋味，像在倾诉远古的奥秘。它美得令人不敢提笔绘写，不能凭空想象。……这段期间，我尽可能做点事，画了一点东西。手边有一张开粉红花的栗树夹道风景，一棵正在开花的小樱桃树，一株紫藤科植物，以及一条舞弄光影的公园小径。今儿整日炎热异常，这往往有益我身，我工作得更起劲。

——梵高很喜欢他的鸢尾花，在 1890 年 7 月他给弟弟的信说过：“希望你将看出鸢尾花一画有何独到之处。”

1890 年的 5 月，关于鸢尾花的画他写道：

> 我以园中草地为题材画了两幅图，其中一幅很简单，草地上有一些白色的花及蒲公英和一小株玫瑰。我刚完成一幅以黄绿为底色，插在一只绿色瓶子里的粉红玫瑰花束；一幅背景呈淡绿的玫瑰花；两幅大束的紫色鸢尾花，其中一束衬以粉红色为背景，由于绿、粉红与紫的结合，整个画面一派温柔和谐，另一幅则突立于惊人的柠檬黄之前，花瓶和瓶架呈另一种黄色调……

读梵高的书简和看他的画一样令人感动。我们很难想象在画中狂热汹涌的梵高，他的信却是很好的文学作品——理性、温柔、条理清晰，并以坦诚的态度来面对着自己的艺术与疾病。这一束书简忠实地呈现了一个伟大艺术家的创作历程与心理状态，是梵高除了绘画留下来最动人的遗产。

梵高逝世前一年，他的作品巧合地选择了一些流动的事物，譬如飘摇的麦田，凌空而至的群鸦，旋转诡异的星空，阴郁曲折的树林与花园。在这些变化极大的作品中，他画下了安静温柔和谐的鸢尾花，使我们看见了画家那沉默的内在之一角。梵高逝世一百周年了，使我想起从前在阿姆斯特丹梵高美术馆参观的那一个午后，想起公园中那一片鸢尾花，想起他写给弟弟的最后一句话："在忧思中与你握别。"也想起他在信中的两段感人的话：

一个人如果够勇敢的话，康复乃来自他内心的力量，来自他深刻忍受痛苦与死亡，来自他之抛弃个人意志和一己爱好。但这对我没有作用：我爱绘画，爱朋友和事物，爱一切使我们的生命变得不自然的东西。

苦恼不该聚在我们的心头，犹如水不该积在沼池一样。

对于像梵高这样的艺术家，他承受巨大的生命苦恼与挫折，却把苦痛化为欢歌的力量、明媚的色彩，来抚慰许多苦难的心灵，怪不得左拉要说他是“基督再世”了。

翻译《梵高传》的余光中，曾说到他译梵高传时生了大病，但是“在一个元气淋漓的生命里，在那个生命的苦难中，我忘了自己小小的烦忧”，“是借他人之大愁，消自家之小愁”。

我读《梵高传》和《梵高书简》时数度掩卷叹息，当梵高说：“我强烈地感到人的情形仿如麦子，若不被播到土里，等待萌芽，便会被磨碎以制成面包！”诚然让我们感到生命有无限的悲情，但在悲情中有一种庄严之感！

心灵的护岸

只有妈妈的爱
像清晨的阳光
像清澈的河水
是我们心灵永久的护岸

吃晚饭的时候，我对妈妈和哥哥说：“明天我想带孩子去护岸走走。”他们同时抬起头来看了我一眼，点一下头，又继续吃饭了。那意思于我已经很明确，就是护岸已经不值得去了。

护岸是家乡的古迹之一。沿着旗尾溪的岸边建筑，年代并不久远，是日据时代堆成的。筑造的原因，是从前的旗尾溪经常泛滥成灾，高达一丈的护岸，在雨季可以把溪水堵住，不至于淹没农田。

旗山的护岸或者也不能算是古迹，因为它只是由许多巨大的石头堆叠而成。它的特点是石头与石头之间并没有黏结，只依其各自的状态相互叠扣。石头大小与形状都各自不同，但是组成数公里的护岸，却是异常的雄伟与平整。

旗山原是平凡的小镇，没有什么奇风异俗。我喜欢护岸当然是感情因素。

在我幼年的时候，护岸正好横在我家不远的香蕉园里。我时常跑去上上下下地游戏，印象最深的是，春天的时候，护岸上只有一种植物“落地生根”。全数开花时，犹如满天的风铃，恍如闻到叮叮当当的响声。

在护岸底部沿着沟边，母亲种了一排芋田。夏天的芋叶像菩萨的伞盖，高大、雄壮，有着坚强的绿色。坐在护岸上看来，芋头的叶子真是美极了。如果站起来，绵延的蕉树与防风的竹林、槟榔交织，都有着挺拔高挑的风格，个个抬头挺胸。

我时常随父母到蕉园里去。自己玩久了，往往爸妈已改变工作位置，这时我会跑到护岸上居高临下，一列列地找他们。很快就会找到。那护岸因此给我一种安全的感觉，像默默地守护着我。

我也喜欢看大水。每当暴雨过后，就会跑到护岸上看大水。水浪滔滔，淹到快与护岸齐顶，使我有一种奔腾的快感。平常时候，旗尾溪非常清澈，清到可见水里的游鱼，澈到溪底的石头历历。我们常在溪里戏水、摸蛤蜊、抓泥鳅，弄得满身湿。起来就躺在护岸的大石上晒太阳，有时晒着晒着睡着了。身体一半赤一半白，爸爸总会说：“又去煎咸鱼了，有一边没有煎熟呢。还未翻边就回来了。”

护岸因此有点像我心灵的故乡。少年时代负笈台南，青年时代在台北读书。每次回乡，我都会在黄昏时沿护岸散步，沉思自己生命的蓝图，或者想想美的问题。例如护岸的美，是来自它的自身呢？或是来自小时候的感情？或是来自心灵的象征？后来发现美不是独立自存的。美是有受者、有对象的，真实的美来自生命多元的感应道交。当我们说到美时，美就不纯粹客观，它必然有着心灵与情感的因素。

我对护岸的心情，恐怕是连父母都难以理解的。但我在护岸散步时，常会想起父母作为农人的辛劳。他们正是我们澎湃汹涌的河流之护岸，使我即使在都市生活，在心灵上也不至于决堤，不会被都市的繁华淹没了平实的本质。

这一次我到护岸，还征求了三位志愿军：一个是我的孩子，两个是哥哥的孩子。他们常听我提到护岸是多么美，却从未去过。他们一走上护岸，我就看见他们眼里那失望的神色了。

旗尾溪由于上游被阻绝，变成一条很小的臭水沟。废物、馊水、粪便的倾倒，使整个护岸一片恶臭。岸边的田园完全被铲除，铺了一条产业道路，路旁盖着失去美感、只有壳子的贩厝。有好几段甚至被围起来养猪，必须要掩鼻才有走过的勇气。大石上，到处都是宝特瓶、铝罐子和塑胶袋。

走了几公里，孩子突然回头问我："爸爸，你说很美的护岸就是这里吗？"

"是呀，正是这里。"心里一股忧伤流过，不只护岸是这样的，在工业化以后的台湾，许多有美感的地方不都是这样吗？田园变色、山水无神，可叹的是，人都还那样安然地，继续把环境焚琴煮鹤地煮来吃了。

我本来要重复这样子说："我小时候，护岸不是这样子的。"话到口中又吞咽回去，只是沉默地、一步一步地走向护岸的尽头。

听说护岸没有利用价值，就要被拆了。故乡一些关心古迹文化的朋友跑来告诉我，我不置可否。“如果像现在这个样子，拆了也并不可惜呀”，我铁着心肠说。

当我们说到环境保护的时候，一般人总是会流于技术的层面。或说：“为子孙留下一片乐土。”或说：“我们只有一个地球。”这些只是概念性的话，其实保护环境要先保护我们的心，因为我们有什么样败坏的环境，正来自我们有同样败坏的心。

就如同乡下一条平凡的护岸，它不只是石头堆砌而成的，它是心灵的象征，是感情的实现，它有某些不凡的价值。但是粗俗的人，怎么能知道呢?

我们满头大汗回家的时候，妈妈正在厨房里包扁食（馄饨），正像幼年时候，她体贴地笑问：“从护岸回来了？”

“是呀，都变了。”我黯然地说。

妈妈做结论似的：“哪有几十年不变的事呀。”

然后，她起油锅、炸扁食，这是她最拿手的菜之一。是因为我返乡，特别磨宝刀做的。

契——油锅突然一声响，香味四散，我的心突然在紧绷中得到纾解。幸好，妈妈做的扁食经过这数十年，味道还没变。

我走到锅前，学电视的口吻说：“嗯，有妈妈的味道。”

妈妈开心地笑了，像清晨的阳光，像清澈的河水。

佛手玉润

佛的心真是温润如玉吧
即使佛的心是甚深极甚深
但在我们生活的四周
不也有许多亲切极亲切的体会吗

我们常去吃饭的天阳素食餐厅，有一道菜，名字是“佛手玉润”。

佛手玉润是佛手瓜炒素火腿。由于佛手瓜是透明的，炒出来真的像玉一样，吃起来有佛手瓜特有的香气。不论是视觉、嗅觉、味觉都有神清气爽之感。

我自幼就喜欢佛手瓜，喜欢看它那肥肥圆圆的样子，也喜欢闻佛手瓜。它的香气使人有出尘之思，当然，也喜欢吃。但是我们从前吃佛手瓜很少炒的，多是切丝煮清汤，或者是把它晒干了，切成一片一片煮茶喝。夏天的时候喝佛手茶最好，清凉，微带苦味，加一点冰糖。在那个没有冰箱的时代，能喝到佛手茶，觉得炎炎夏日也有着清凉的依附了。

后来学了佛，更喜欢佛手。每次看见都会买一些回家。样子很美的就留下来观赏。看它自然的风干，愈干的佛手香气愈甚，到后来，坚硬如木，可以久藏。放久的佛手也不会失去它的香气。偶尔切几片来泡茶，冬天的时候热饮，夏日时冰镇。每次喝的时候神思飘逸，仿佛可以体会佛一手指天，一手指地说“天上天下，唯我独尊”那种非凡的气概。也仿佛看见了佛以金色臂指着大地说：“心净，则国土净。”又好像看见佛在菩提树下，伸手指着大地：“我所走过的路，大地都留下证据。”呀！那样的心情，没有喝过佛手茶的人怎么能品味呢？

那些样子不怎么美的佛手，就切成细丁，与姜丝一起熬汤，滋味也甚为鲜美。

在乡下，佛手是极为平凡的食物，市场里论斤出售；在城市，佛手奇货可居，水果店里一粒卖到一百多，而且还不是经常可以买到。几天前，在永春市场看到有老人卖佛手，一口气全买了，有朋友来访就赠送一粒，感觉到佛手真是无比珍贵的礼物。

自从学佛以后，加上感情因素，对于任何与佛有关的事物，都有说不出的亲切。就说是现在正盛产的释迦好了，每天买几个熟透的释迦来吃，真是人间无比的享受。有一次，到台东去演讲，有一位住在太麻里的读者，坐了很久的车，只为了送给我一箱自己种的释迦。她说：“我知道你一定会喜欢吃释迦的。”令我深受感动。那箱上好的释迦回台北一星期才吃完。每回吃的时候，就有很深的感恩的心。感恩这土地生长如此美味的水果，感恩这世界还有着纯良的人情。

有一天夜里，一位朋友来看我，送给我一包菩提叶茶。那茶是以菩提叶、菩提花、菩提子干燥而成，泡起来的色泽也像玉一样，滋味与色泽一样的清纯温润。不知道是谁，竟可以想到用菩提叶来做茶！

朋友告诉我，那菩提叶茶是法国进口的。制造的动机不明，可能是由于健康的因素。因为在包装上说明，说菩提叶茶可以清肺、润喉、润胃，还可以安眠哩！

我开玩笑地对朋友说："法国人是很浪漫的，说不定是有一位法国人听到佛在菩提树下成道，大受感动，想到是佛成道的树，叶子一定很好喝的吧！再加上花果，就更好了。"

当然，这只是一种玄想，不过能想到把菩提叶拿来制茶，就是很纯美的动机了。在台湾也有许多菩提树。春天的时候换装，会长出鲜黄嫩绿的小叶子，说不定我们也可以试试来做茶。以台湾制茶技术的高超，必然会比法国人做出更好的茶吧！

讲到喝茶，我也喜欢喝"铁观音"。这名字极适合沉思，最慈悲柔软的观音入茶的时刻竟成为"铁打"的，那是由于观音有极坚强的悲愿吧！喝铁观音时，我常想，但愿喝到这茶的人都能体会到观音菩萨的心。

我还喝过一种福建的茶，名曰"佛手乌龙"，但它不是用佛手瓜做的，用的是乌龙。为什么又叫"佛手乌龙"呢？原来是采茶时有特别的技术，使每一片茶叶头部平直，尾端则曲卷成团，看来就像一只佛手。泡过的茶叶还可以维持原来的形状，真的很像佛手。由于取了佛手乌龙的名字，喝的时候就感觉更值得品味了。

佛的心真是温润如玉的吧！即使佛的心是甚深极甚深，但在我们生活的四周，不也有许多事物给我们亲切极亲切的体会吗？

在人世许多小小的欢喜之中，我总是怀着无比感恩的心。

失恋之必要

为了爱
失恋是必要的
为了光明
黑暗是必要的

这些年来，我时常思考到爱与恨的问题，因此收到你的来信感到特别心惊。你说到连续谈了三场恋爱，被三个不同的男人抛弃，感受到每一次谈恋爱的感觉愈来愈淡薄，每一次被抛弃则愈来愈恨。

第一次失恋，你的感受是：真恨！真想报复他！

第二次，你更进一步谈到：我一定要想办法报复！

第三次的时候，你的心喷出这样的火焰：我要杀死他！

读了你的信，使我在夜暗的庭院中再三徘徊，抬头看着远天的星星，月光如洗，呀！这世界原是这样美好，为什么人的心中要充满恨意来生活呢？由于怀恨，我们的心眼昏眠，就看不见世间一切的好，自然也看不到自己在这里面的角色了。

我们时常谈到爱恨，但很少人去深思爱恨的问题。我现在用佛经的观点来看看爱恨。在南传的法句经里，把爱分成四个转变，也就是四个层次：

一、亲爱——对他人的友情。

二、欲乐——对某一特定对象的爱情。

三、爱欲——建立于性关系的情爱。

四、渴爱——因过分执着以至于痴病的爱情。

这四个层次逐渐加深，也就逐渐产生苦恼，因此经上说了一首偈：

> 从爱生忧患，从爱生怖畏；
> 离爱无忧患，何处有怖畏？

苦恼生出恐惧，恐惧生出悲哀，悲哀再转为瞋恨，其实如果往前追溯，爱与恨是同一根源，好像手心和手背一样，所以佛陀说："爱可生爱，亦可生憎；憎能生憎，亦能生爱。"

什么是恨呢？经典里把愤恨连在一起，说它们是五种障道的力量，也是十种小随烦恼的两种：愤，恨之意，对有情、非情产生愤怒之心。恨，于愤所缘之事，数数寻思，结怨不舍。五种障道之力是欺、怠、瞋、恨、怨，欺能障信，怠能障进，瞋能障念，恨能障定，怨能障慧。

那么，像愤、恨、恼、嫉、害则是以瞋为体，瞋与贪、痴合称为"三毒"。贪与痴加起来产生瞋，所以瞋是心的最大障碍。在《大智度论》里说："瞋恚其咎最深，三毒之中，无重此者；九十八使中，此为最坚；诸心病中，第一难治。"

好了，现在我们知道爱欲与瞋恨的本质是相通的，我们可以来思考一些有趣的问题：一是爱虽然会转为恨，却不一定会转为恨，也可以说，失恋会使一些人意志消沉、愤恨难平，却也能使另外一些人更懂得去爱，开发更广大的胸怀，不幸的，你是属于前者；二是爱恨虽能束缚我们，它只是心的感受，犹如波浪之于大海，其中并没有实体，是缘起缘灭罢了，可叹的是，大部分人不能随缘，反而缘起即住，爱的时候陷溺在爱里，恨的时候沉沦于恨中。

一般人在爱恨的时候很少有检验的精神，很少反观这情绪的变化，因此就难以革新与创发。久而久之，爱恨遂成为一种模式。

“由爱生恨”是最固定的模式。我们从小就被教育了这种模式。我们在电视、小说、电影里学习到这种模式，在亲戚朋友身上感染这种模式。反映到真实生活里，我们在爱情失败时，随之而起的便是恨。没有一个例外。我把这个叫作“模式反应”。那有点像蚊子从我们眼前飞过，它不一定会伤害我们，但我们会下意识地举手去扑杀它一样。

如果不是“模式反应”，为什么千百万人失去爱的时候都反射出恨呢？那是不是人性的真实呢？我有一个朋友说过，欧洲人和美国人失恋，所带来的恨意就比中国人或日本人淡薄得多。大部分西方人在失恋、离婚之后都能与从前的伴侣做朋友，那是他们的模式反应没有像我们一样。

为什么我要和大部分人一样，失恋就憎恨呢？可不可以做一个卓然的人，失恋也不恨呢?

失恋的恨，那是由于两个原因：一是认为失恋是坏事；二是我们沉沦于过去的觉受。

我曾经在笔记上写了两句话：“为了爱，失恋是必要的；为了光明，黑暗是必要的。”

那就好像，如果我们不饥饿，就无法真正享受食物；如果我们不生病，就不知道健康的可贵；如果我们不年老，青春对我们就没有意义；如果我们要种莲花，没有烂泥巴是不行的……

失恋不是坏事，春天过了就是夏天，秋天过了就是冬天。这是必然的过程。我们热爱春秋，但并不能阻挡火热与寒冷的来临。我们热爱莲花、玫瑰、金盏花、紫丁香，但我们不能使它不凋零。

我们不喜欢凋零，然而，凋零是一种必然。

过去不能让它过去，未来不愿等待未来，是人生最大的悲剧。其实，再怎么好的恋爱，每天都是不同的。我们甚至无法维持对一个人的爱，从早上到晚上都保有同一品质。也就是说，再好的爱都会失去，会成为过去式。

我们之所以为失恋烦恼，是因为我们不愿面对此刻、融入此刻，老是沉湎于过去。可叹的是沉湎于过去的人会失去生的乐趣、失去发现的乐趣、失去创造的可能、失去爱的能力。如果我们愿意走出来，就会发现就在此刻、就在门外，就有许多值得爱的人、许多值得爱的事物。

当然，不只许多人值得爱，也有许多人等着爱我，只是我关在过去的枷锁里，他们没有机会来爱我吧！我要得到更好、更珍贵、更真实的爱，首先是使我的心得到自由。

看你满腹烦恼、满脸愤恨、满脑子报复之思，就是有这世界上最好的对象，也会被你错过了呀！

让我们一起来做一些创造性的工作，每天清晨起来，把昨天的爱恨全部放下，从零出发，对着镜子好好展现一个最美的笑靥吧！然后梳妆打扮（从心里的庄严开始），把自己最好的、最有魅力的那一面提起来，挺胸抬头走出门外，那才是今天的你、此刻的你。既然你认为自己是善良而美丽的，为什么不把善良和美丽表现出来呢？

如果是我，使我动心的异性，是那些有生机、有活力、能微笑走在风里的人，而不是怀忧丧志、满腹愤恨的人呀！

我说的这些都不是空话，而是我自己的体验，是我的开发与创造。说来你也许难以相信，我很感谢那些从前抛弃过我的人，如果没有她们，就不会造就今天的我呀！

那些没有经过监狱的悲惨的人，不会懂得外面的世界多么值得欢喜与感恩。你现在知道心灵监狱的悲惨，一旦你走了出来，就可以知道生命确是值得欢舞和庆祝的。

不要哭了，不要恨了，当你停止哭泣与怀恨的那一刻，我在你脸上看到春天的光辉——那时，你是多么美，像一朵金盏花在清晨的阳光下温柔地开放。

虽然我没有见过你，但我真的看见了你脸上流转的光辉。

四 随

随 喜

在通化街入夜以后，常常有一位乞者，从阴暗的街巷中冒出来。

乞者的双腿齐根而断，他用厚厚包着棉布的手掌走路。他双手一撑，身子一顿就腾空而起，然后身体向一尺前的地方扑跌而去，用断腿处点地，挫了一下，双手再往前撑。

他一走路几乎是要惊动整条街的。

因为他在手腕的地方绑了一个小铝盆，那铝盆绑的位置太低了，他一“走路”，就打到地面呼呼作响，仿佛是在提醒过路的人，不要忘了把钱放在他的铝盆里面。

大部分人听到咚咚的铝盆声，俯身一望，看到时而浮起时而顿挫的身影，都会发出一声惊诧的叹息。但是，也是大部分的人，叹息一声，就抬头仿佛未曾看见什么的走过去了。只有极少极少的人，怀着一种悲悯的神情，给他很少的布施。

人们的冷漠和他的铝盆声一样令人惊诧！不过，如果我们再仔细看看通化夜市，就知道再悲惨的形影，人们已经见惯了。短短的通化街，就有好几个行动不便、肢体残缺的人在卖奖券。有一位点油灯弹月琴的老人盲妇，一位头大如斗四肢萎缩摊在木板上的孩子，一位软脚全身不停打摆的青年，一位口水像河流一般流淌的小女，还有好几位神志纷乱来回穿梭终夜胡言的人……这些景象，使人们因习惯了苦难而逐渐把慈悲盖在冷漠的一个角落。

那无腿的人是通化街里落难的乞者之一，不会引起特别的注意，因此他的铝盆常是空着的。他为了引起人们的注意，有时故意来回迅速地走动，一浮一顿，一顿一浮……有时候站在街边，听到那急促敲着地面的铝盆声，可以听见他心底多么悲切的渴盼。

他恒常戴着一顶斗笠。灰黑的，有几茎草片翻卷了起来。我们站着往下看，永远看不见他脸上的表情，只能看到那有些破败的斗笠。

有一次，我带孩子逛通化夜市，忍不住多放了一些钱在那游动的铝盆里。无腿者停了下来，孩子突然对我说："爸爸，这没有脚的伯伯笑了，在说谢谢！"这时我才发现孩子站着的身高正与无腿的人一般高，想是看见他的表情了。无腿者听见孩子的话，抬起头来看我，我才看清他的脸粗黑，整个被风霜淹渍，厚而僵硬，是长久没有使用过表情的那种。后来，他的眼睛和我的眼睛相遇。我看见了这一直在夜色中被淹没的眼睛，透射出一种温暖的光芒，仿佛在对我说话。

在那一刻，我几乎能体会到他的心情。这种心情使我有着悲痛与温柔交错的酸楚。然后他的铝盆又响了起来，向街的那头响过去，我的脸腔就随他顿挫顿浮的身影而摇晃起来。

我呆立在街边，想着，在某一个层次上，我们都是无脚的人。如果没有人与人间的温暖与关爱，我们根本就没有力量走路。不管在任何时候任何地方，我们见到了令我们同情的人而行布施之时，我们等于在同情自己，同情我们生在这苦痛的人间，同情一切不能离苦的众生。倘若我们的布施使众生得一丝喜悦温暖之情，这布施不论多少就有了动人的质地，因为众生之喜就是我们之喜，所以佛教里把布施、供养称为“随喜”。

这随喜，有一种非凡之美。它不是同情、不是悲悯，而是因众生喜而喜，就好像在连绵的阴雨之间让我们看见一道精灿的彩虹升起。不知道阴雨中有彩虹的人就不会有随喜的心情。因为我们知道有彩虹，所以我们布施时应怀着感恩，不应稍有轻慢。

我想起经典上那伟大充满了庄严的维摩诘居士。在一个动人的聚会里，有人供养他一些精美无比的璎珞。他把璎珞分成两分，一分供养难胜如来佛，一分布施给聚会里最卑下的乞者。然后他用一种威仪无匹的声音说：“若施主等心施一最下乞人，犹如如来福田之相，无所分别，等于大悲，不求果报，是则名曰是足法施。”

他甚至警策地说，那些在我们身旁一切来乞求的人，都是位不可思议解脱菩萨境界的菩萨来示现的。他们是来考验我们的悲心与菩提心，使我们从世俗的沦落中超拔出来。我们若因乞求而布施来植福德，我们自己也只是个乞求的人。我们若看乞者也是菩萨，布施而怀恩，就更能使我们走出迷失的津渡。

我们布施时应怀着最深的感恩。感恩我们是布施者，而不是乞求的人；感恩那些秽陋残疾的人，使人们警醒，认清这是不完满的世界，我们也只是一个不完满的人。

“一工菩萨所修无量难行苦行，志求无上正等菩提，广大功德，我皆随喜。如是虚空界尽、众生界尽、众生烦恼尽，我此随喜无有穷尽。”

我想，怀着同情、怀着悲悯，甚至怀着苦痛、怀着鄙夷来注视那些需要关爱的人，那不是随喜。唯有怀着感恩与菩提，使我们清和柔软，才是真随喜。

随　业

打开孩子的饼干盒子，在角落的地方看到一只蟑螂。

那蟑螂静静地伏在那里，一动也不动。我看着这只见到人不逃跑的蟑螂而感到惊诧的时候，突然看见蟑螂的前端裂了开来，探出一个纯白色的头与触须，接着，它用力挣扎着把身躯缓缓地蠕动出来，那么专心、那么努力，使我不敢惊动它，静静蹲下来观察它的举动。

这蟑螂显然是要从它破旧的躯壳中蜕变出来。它找到饼干盒的角落脱壳，一定认为这是绝对的安全之地。不想被我偶然发现，不知道它的心里有多么心焦。可是再心焦也没有用，它仍然要按照一定的程序，先把头伸出，把脚小心地一只只拔出来，一共花了大约半小时的时间，蟑螂才完全从它的壳里用力走出来。那最后一刻真是美，是石破天惊的，有一种纵跃的姿势。我几乎可以听见它喘息的声音。它也并不立刻逃走，只是用它的触须小心翼翼地探着新的空气、新的环境。

新出壳的蟑螂引起我的叹息。它是纯白的几近于没有一丝杂质。它的身体有白玉一样半透明的精纯的光泽。这日常引起我们厌恨的蟑螂，如果我们把所有对蟑螂既有的观感全部摒除，我们可以说那蟑螂有着非凡的惊人之美，就如同是草地上新蜕出来的翠绿的草蝉一样。

当我看到被它脱除的那污迹斑斑的旧壳，我觉得这初钻出的白色小蟑螂也是干净的人，对人没有一丝害处。对于这纯美干净的蟑螂，我们几乎难以下手去伤害它的生命。

后来，我养了那蟑螂一小段时间，眼见它从纯白变成灰色，再变成灰黑色，那是转瞬间的事了。随着蟑螂的成长，它慢慢地从安静的探触而成为鬼头鬼脑的样子，不安地在饼干盒里骚爬。一见到人或见到光，它就不安焦急地想要逃离那个盒子。

最后，我把它放走了。放走的那一天，它迅速从桌底穿过，往垃圾桶的方向遁去了。

接下来好几天，我每次看到德国种的小蟑螂，总是禁不住地想，到底这里面，哪一只是我曾看过它美丽的面目，被我养过的那只纯白的蟑螂呢？我无法分辨，也不须去分辨，因为在满地乱爬的蟑螂里，它们的长相都一样，它们的习气都一样，它们的命运也是非常类似的。

它们总是生活在阴暗的角落，害怕光明的照耀。它们或在阴沟或在垃圾堆里度过它们平凡而肮脏的一生。假如它们跑到人的家里，等待它们的是克蟑、毒药、杀虫剂，还有用它们的性费洛姆做成来诱捕它们的蟑螂屋，以及随时踩下的巨脚，擎空打击的拖鞋，使它们在一击之下尸骨无存。

这样想来，生为蟑螂是非常可悲而值得同情的。它们是真正的“流浪生死，随业浮沉”，这每一只蟑螂是从哪里来投生的呢？它们短暂的生死之后，又到哪里去流浪呢？它们随业力的流转到什么时候才会终结呢？为什么没有一只蟑螂能维持它初生时纯白、干净的美丽呢？

这无非都是业。

无非是一个不可知的背负。

我们拼命保护那些濒临绝种的美丽动物，那些动物还是绝种了。我们拼命创造各种方法来消灭蟑螂，蟑螂却从来没有减少，反而增加。

这也是业，美丽的消失是业，丑陋的增加是业。我们如何才能从业里超拔出来呢？从蟑螂，我们也看出了某种人生。

随　顺

在和平西路与重庆南路交口的地方，每天都有卖玉兰花的人，不只在天气晴和的日子，他们出来卖玉兰花，有时是大风雨的日子，他们也来卖玉兰花。

卖玉兰花的人里，有两位中年妇女，一胖一瘦；有一位削瘦肤黑的男子，怀中抱着幼儿；有两个小小的女孩，一个十岁，一个八岁；偶尔，会有一位背有点弯的老先生和一位白发苍苍的老妇，也加入贩卖的阵容。

如果在一起卖的人多，他们就和谐地沿着罗斯福路、新生南路步行扩散，所以有时候沿着和平东西路走，会发现在复兴南路口、建国南路口、新生南路口、罗斯福路口、重庆南路口都是几张熟悉的脸孔。

卖花的不管是老人还是孩子，他们都非常和气，端着用湿布盖好以免玉兰花枯萎的木盆子从面前走过，开车的人一摇手，他们绝不会有任何的瞋怒之意。如果把车窗摇下，他们会赶忙站到窗口，送进一缕香气来。在绿灯亮起的时候，他们就站在分界的安全岛上，耐心等候下一个红灯。

我自己就是大学教授、交通专家所诅咒的那些姑息着卖玉兰花的人。不管是在什么样的路口，遇到任何卖玉兰花的人，我总是忘了交通安全的教训，买几串玉兰花。买到后来，竟认识了罗斯福路、重庆南路口几位卖玉兰花的人。

买玉兰花时，我不是在买那些清新怡人的花香，而是买那生活里辛酸苦痛的气息。

每回看到卖花的人，站在烈日下默默拭汗，我就忆起我的童年时代为了几毛钱在烈日下卖支仔冰，在冷风里卖枣子糖的过去。在心里，我可以贴近他们心中的渴盼，虽然他们只是微笑着挨近车窗，但在心底，是多么希望，有人摇下车窗，买一串花。这关系着人间温情的一串花才卖十元，是多么便宜，但便宜的东西并不一定廉价，在冷气车里坐着的人，能不能理解呢？

几个卖花的人告诉我，最常向他们买花的是计程车司机。大概是计程车司机最能理解辛劳奔波的生活是什么滋味。他们对街中卖花者遂有了最深刻的同情。其次是开小车子的人。最难卖的对象是开着豪华进口车，车窗是黑色的人。他们高贵的脸一看到玉兰花贩走近，就冷漠地别过头去。

有时候，人间的温暖和钱是没有关系的。我们在烈日焚烧的街头动了不忍之念，多花十元买一串花，有时在意义上胜过富者为了表演慈悲、微笑照相登上报纸的百万捐输。

不忍?

是的，我买玉兰花时就是不忍看人站在大太阳下讨生活。他们为了激起人的不忍，有时把婴儿也背了出来。有人批评他们把孩子背到街上讨取人的同情是不对的。可是我这样想：当妈妈出来卖玉兰花时，孩子要交给保姆或佣人吗?当我们为烈日曝晒而心疼那个孩子，难道他的母亲不痛心吗?

遇到有孩子的，我们多买一串玉兰花吧！不要问什么理由。

我是这样深信：站在街头的这一群沉默卖花的人，他们如果有更好的事做，是绝对不会到街上来卖花的。

设身处地地为苦恼的人着想，平等地对待他们，这就是“随顺”。我们顺着人的苦难来满他们的愿，用更大的慈和的心情让他们不要在窗口空手离去。那不是说我们微薄的钱真能带给卖花的人什么利益，而是说我们因有这慈爱的随顺，使我们的心更澄澈、更柔软，洗涤了我们的污秽。

“一切众生而为树根，诸佛菩萨而为华果，以大悲水浇益众生，则能成就诸佛菩萨智慧华果。”

我买玉兰花的时候，感觉上，是买一瓣心香。

随　缘

有一位朋友，她养了一条土狗。狗的左后脚因被车子辗过，成了瘸子。

朋友是在街边看到这条小狗的。那时小狗又脏又臭，在垃圾堆里捡拾食物。朋友是个慈悲的人，就把它捡了回来。按照北方习俗，名字越俗贱的孩子越容易养，朋友就把那条小狗正名为“小瘸子”。

小瘸子原是人见人恶的街狗，到朋友家以后就显露出它如金玉的一些美质。它原来是一条温柔、听话、干净、善解人意的小狗，只是因为生活在垃圾堆，它的美丽一直未被发现。它的外表除了有一点土，其实也是不错的，它的瘸，到后来反而是惹人喜爱的一个特点，因为它不像平凡的狗乱纵跃跳，倒像一个温驯的孩子，总是优雅地跟随它美丽的女主人散步。

朋友对待小瘸子也像对待孩子一般，爱护有加。由于她对一条瘸狗的疼爱，在街间中的孩子都唤她：“小瘸子的妈妈”。

小瘸子的妈妈爱狗，不仅孩子知道，连狗们也知道。她有时在外面散步，巷子里的狗都跑来跟随她，并且用力地摇尾巴，到后来竟成为一种极为特殊的景观。

小瘸子慢慢长大，成为人见人爱的狗。天天都有孩子专程跑来带它去玩，天黑的时候再带回来。由于爱心，小瘸子竟成为巷子里最得宠的狗，任何名种狗都不能和它相比。也因为它的得宠，有人以为它身价不凡。一天夜里，小癞子被抱走了，朋友和她的小女儿伤心得就像失去一个孩子。巷子里的孩子也惘然失去最好的玩伴。

两年以后，朋友在永和一家小面摊子上认到了小癞子。它又回复捡垃圾的日子，守候在桌旁捡拾人们吃剩的肉骨。

小癞子立即认出它的旧主人，人狗相见，忍不住相对落泪，那小癞子流下的眼泪竟滴到地上。朋友又把小癞子带回家，整条巷子因为小癞子的回家而充满了喜庆的气息。这两年间小癞子的遭遇是不问可知的，一定受过不少折磨，但它回家后又恢复了往日的神采。过不久，小癞子生了一窝小狗，生下的那天就全被预约，被巷子里，甚至被远道来的孩子所领养。

做过母亲的小癞子比以前更乖巧而安静了。有一次，我和朋友去买花，它静静跟在后面，不肯回家，朋友对它说了许多哄小孩一样的话，它才脉脉含情地转身离去，从那一次以后，我再也没有看过小癞子了，它是被偷走了呢？还是自己离家而去？或是被捕狗队的人所逮捕？没有人知道。

朋友当然非常伤心，却不知道在什么时间什么地点可以再与小癞子会面。朋友与小癞子的缘分又是怎么来的呢？是随着前世的因缘，或是开始在今生的会面？

一切都未可知。

但我的朋友坚信有一天能与小癞子再度相逢。她美丽的眼睛望着远方说："人家都说随缘，我相信缘是随愿而生的。有愿就会有缘，没有愿望，就是有缘的人也会错身而过。"

卡其布制服

过年的记忆，对一般人来说当然都是好的，可是当一个人无法过一个好年的时候，过年往往比平常带来更深的寂寞与悲愁。

有一年过年，当我听母亲说那一年不能给我们买新衣新鞋，忍不住跑到院子里靠在墙砖上哭出了声。

那一年我十岁，本来期待着在过年买一套新衣已经期待了几个月。在那个年代，小孩子几乎是没有机会穿新衣的。我们所有的衣服鞋子都是捡哥哥留下的，唯一的例外是过年。只有过年时可以买新衣服。

其实新衣服也不见得是漂亮的衣服，只是买一件当时最流行的特多龙布料制服罢了。但即使这样，有新衣服穿是可以让人兴奋好久的。我到现在都可以记得当时穿新衣服那种颤抖的心情，而新衣服特有的棉香气息，到现在还依稀留存。

在乡下，过年给孩子买一套新制服竟成为一种时尚。过年那几天，满街跑着的都是特多龙的卡其制服。如果没有买那么一件，真是自惭形秽了。差不多每一个孩子在过年没有买新衣，都要躲起来哭一阵子，我也不例外。

那一次我哭得非常伤心。后来母亲跑来安慰我，说明为什么不能给我们买新衣的原因。因为那一年年景不好，收成抵不上开支，使我们连杂货店里日常用品的欠债都无法结清，当然不能买新衣了。

我们家是大家庭，一家子有三十几口。那一年尚未成年的兄弟姊妹就有十八个，一人一件新衣，就是最廉价的，也是一大笔开销。

那一年，我们连年夜饭都没吃，因为成年的男人都跑到外面去躲债了。一下子是杂货店、一下子是米行、一下子是酱油店跑来收账，简直一点解决的方法也没有。那些人都是殷实的小商人，我们家也是勤俭的农户，但因为年景不好，却在除夕那天相对无言。

当时在乡下，由于家家户户都熟识，大部分的商店都可以赊欠的，每半年才结算一次，因此过年前几天，大家都忙着收账。我们家人口众多，每一笔算起来都是不小的数目，尤其在没有钱的时候，听来更是心惊。

有一个杂货店老板说："我也知道你们今年收成不好，可是欠债也不能不催，我不催你们，又怎么去催别人呢？"

除夕夜，大人到半夜才回到家来。他们已经到山上去躲了几天，每个人都是满脸风霜，沉默不言，气氛非常僵硬。依照习俗，过年时的欠债只能催讨到夜里子时，过了子时就不能讨债，一直要到初五"隔开"时，才能再上门要债。爸爸回来的时候，我们总算松了一口气，那时就觉得，没有新衣服穿也没什么要紧，只要全家人能团聚也就好了。

第二天，爸爸还带着我们几个比较小的孩子到债主家拜年。每一个人都和和气气，仿佛没有欠债那一回事。临走时，他们总是说："过完年再来交关吧！"

对于中国人的人情礼义，我是那一年才有一些些懂了。在农村社会，信用与人情都是非常重要的，有时候不能尽到人情，但由于过去的信用，使人情也并未被破坏。当然，类似"跑债"的行为，也只反映了人情的可爱，因为在双方的心里，其实都知道那一笔债是不可能跑掉的。土地在那里，亲人在那里，乡情在那里，都是跑不掉的。

对生活在都市里的、冷漠的现代人，几乎难以想象三十年前乡下的人情与信用，更不用说对过年种种的知悉了。

对农村社会的人，过年的心比过年的形式重要得多。记得我小时候，爸爸在大年初一早上到寺庙去行香，然后去向亲友拜年。下午他就换了衣服，到田里去巡田水，并看看作物生长的情况。大年初二也是一样。就是再松懈，也会到田里走一两回，那也不尽然是习惯，而是一种责任，因为，如果由于过年的放纵，使作物败坏，责任要如何来担呢？

所以心在过年，行为并没有真正的休息。

那一年过年，初一下午我就随爸爸到田里去，看看稻子生长的情形。走累了，爸爸坐下来把我抱在他的膝上，说："我们一起向上天许愿，希望今年风调雨顺、国泰民安，大家都有好收成。"我便闭起眼睛，专注地祈求上天，保佑我们那一片青翠的田地。许完愿，爸爸和我都流出了眼泪。我第一次感觉到人与天地有着深厚的关系，并且在许愿时，我感觉到愿望仿佛可以达成。

开春以后，家人都很努力工作，很快就把积欠的债务，在春天第一次收成里还清。

那一年的年景到现在仍然非常清晰。当时礼拜菩萨时点燃的香，到现在都还在流荡。我在那时初次认识到年景的无常，人有时甚至不能安稳地过一个年，而我也认识到，只要在坏的情况下，还维持人情与信用，并且不失去伟大的愿望，那么再坏的年景也不可怕。

如果不认识人的真实，没有坚持的愿望，就是天天过年，天天穿新衣，又有什么意思呢?

人在江湖

土能浊河
而不能浊海
风能拔木
而不能拔山

做生意的朋友来看我，谈到内心里的许多挣扎，说有时候为了生意，不免要去应酬、喝酒，有时还要对别人设计、扯谎，其实自己的内心里向往着规规矩矩做生意，过单纯的生活，但这样的希望是很不可得的。

他的结论是："人在江湖，身不由己呀！"

朋友走了以后，我想到"人在江湖，身不由己"不只是做生意的人，也是一般人去做那些不随己意的事时最常用的借口。江湖，真的那么可怕吗？什么是江湖呢？

"江湖"的用语，最早是出自《庄子·大宗师》里"不如相忘于江湖"，指的是三江（荆江、松江、浙江）五湖（洞庭湖、太湖、鄱阳湖、青草湖、丹阳湖），后来成为佛教里的常用语，把云游四海的云水僧称为"江湖人"。

那是因为在唐朝的时候，江西有马祖道一禅师，湖南有石头希迁禅师。两位禅师的德声享誉四方，同时大树法幢。当时天下各地的禅僧，如果不是到江西去参马祖，就是到湖南去参石头。由于古代的交通不便，光是走到江西、湖南就要一年半载。他们沿路挂单参访，称为“走江湖”。走在江湖上的行者则称为“江湖人”、“江湖僧”、“江湖众”。

江湖还有别的意思，像禅士如果散居于名山大刹之外，居于江畔湖边自己参究的，也称为“江湖人”。

或者，一般隐士之居，也可以叫“江湖”，如《汉书》之“甚得江湖间民心”，范仲淹《岳阳楼记》说：“处江湖之远，则忧其君。”

因此，在早期，“江湖”是很好的字眼，它象征着一种自由追求真理的态度；“江湖人”也是很好的字眼，是指那些可以放下一切、去探究生命真相的人。

不知道什么时候开始，在中国民间，“江湖”成为一般通俗的称呼。浪迹于四方谋生活的人，称为“走江湖”或“跑江湖”；阅历丰富的人称为“老江湖”，而以术敛财的人叫“江湖郎中”。这些都还是好的，江湖只是名词而已，到了现在，“江湖”成为“染缸”的同义词。政客在国会打架、骂三字经，说：“人在江湖，身不由己。”商人出卖灵魂，重利轻义，说：“人在江湖，身不由己。”黑社会杀人放火，无所不为，说：“人在江湖，身不由己。”

你们的江湖到底是什么样的江湖呢？

人处世间，江湖风险，似乎是不可避免的，但是在同一个江湖里，有人自清自爱，有人随浊随堕，完全是看个人的选择。“身不由己”只是一个借口罢了！我想起《韩非子》里说：“不可陷之盾与无不陷之矛，不可同世而立。”如果心里有清白的向往，而还继续混浊，当然会有矛盾、冲突与挣扎了。

在我们幼年时代，没有自来水。家家户户都在庭前摆水缸，接雨水备用。接来的水要先放一两天澄清，等泥尘沉淀才可使用。有时候孩子顽皮，以手去搅水缸，只要两三下，水就不能用了，要再澄清一两天才可用。

因此，我们很小的时候就知道绝对不要去搅水缸，因为“要使水澄清很难，要一两天；要使水混浊很容易，只要搅一两下”。

身在江湖的人也是一样的，古代的禅师为了发觉内在澄明的泉源，不惜在江边湖畔，苦苦寻索，是看清了“江湖寥落，尔将安归？”的困局；现代的人则随着欲望之江陷溺于迷茫之湖，向外永无休止地需索，然后用“身不由己”来做借口。

即使我们真是身在江湖，也要了解江湖真实的意涵。“春风桃李花开日，秋雨梧桐叶落时”，江湖实不可畏，怕的是自己一直把手放在水缸里翻搅。

如果马祖与石头还在，我也真想去走江湖。但是如今最好是安住于自己的心，来让那心水澄清，以便那一天，可以拿来饮用呀！

情困与物困

我有一个朋友，爱玉成痴。

他不管在何时何地见到一块好玉，总是想尽办法要据为己有。偏偏他又不是很富有的人，因此在收藏玉的过程中，吃了许多的苦头，有时到了节衣缩食三餐不继的地步。

有一回，他在一个古董商那里见到了一个白玉狮子，据说是汉朝的，不论玉质、雕工全是第一流的。我的朋友爱不忍释，工作也不太做了，每天都跑去看那块玉。看到眼睛都发出红火，人被一团火炙热地燃烧。

他要买那块玉，古董店的老板却不卖。几经折腾，最后，我的朋友牺牲了他所居住的房子，才买下了那个白玉狮子，租住在一个廉价的住宅区里。

他天天抱着白玉狮子睡觉。出门时也携带着，一遇到人就拿出来欣赏。自己单独的时候，也常常抚摸那座洁白无瑕的狮子发呆。除了这座狮子，他身上总随时带着他最心爱的几件收藏。有时候感觉到一个男子，从口袋里、腰袋间、皮包内随时掏出几块玉来，真是不可思议的事。

他玩玉到了疯狂的地步。由于愈玩愈精，就更发现好玉之难求，因为好玉难求，所以投入了全部的家当。幸好他是个单身汉，否则连老婆也会被他当了。到最后，他房子也卖了，车子也没了，工作也丢了。为什么丢掉工作呢？说来简单："我要工作三年，才能买一件上好的玉。这样的工作不做也罢了！"

朋友成为家徒四壁的人，每天陪伴他的只有玉。后来不成了，因为玉不能吃、不能穿，只好把他最心爱的玉里等级比较差的卖给别人。每卖一件就落一次泪，说："我买的时候是几倍的价钱，现在这么便宜让给别人，别人还嫌贵。"

有一次，他租房子的房东逼着要房租。逼得急了，他一时也找不到钱，就把白玉狮子拿了出来，说："这块玉非常的名贵，先押在你这里，等我筹足了房钱，再把它赎回来。"可惜他的房东是个老粗，对他说："俺要你这臭石头干吗！万一不小心打破了还嫌烦呢！你明天找房钱来，不然我把你丢出去！"

朋友对我讲这个故事的时候，泣不成声。在痴爱者眼中的白玉狮子是无可比拟的，可以用房子去换取，然而在平常百姓的眼中，它再名贵，也只是一块石头。

有一次我在台湾故宫博物院看玉的展览，正好遇到了乡下的一个旅行团。几个乡下的中年女人看玉看得饶有兴味，我凑过去，发现她们正围着那个最有名的国宝"翠玉白菜"观看。以下是她们对话的传真：

"哇！真巧，雕得和真的白菜一模一样，上面还有一只肚猴呢！"

"这个刻得那么像，一个大概是值好几千块吧！"

一位看起来是权威人士的女人说："你嘛好了，不识字又兼不卫生，什么好几千，这一个一定要好几万才买得到！”

我把这个故事说给朋友听，他因此破涕为笑，我说：“你看故宫博物院的好玉何止千万块，尤其是小品珍玩的部分，看起来就知道曾有一位爱玉的人在上面花下无数的心血，可是他死的时候不能带走一块玉。我们现在看那些玉也不能知道它曾经有过多少主人。对于玉，能够欣赏的人就算拥有了，何必一定要抱在手里呢？佛经里说‘智者金石同一观’就是这个道理。

“爱玉固然是最清雅的嗜好，但一个人爱玉成痴，和玩股票不能自拔，和沉迷于逸乐又有什么不同呢？”

朋友后来彻底地觉悟，仍然喜欢着玉，却不再被玉所困，只是有时他拿出随身的几块玉还会感慨起来。

物固然是足以困人，情更比物要厉害百倍。对于情的执迷，为情所困，就叫“痴”。痴是人世间的三毒之一（另外两毒是贪与瞋）。情困到了深处，则三毒俱现，先是痴迷，而后贪爱，最后是瞋恨以终。则情困是一切烦恼的根源，没有比这个更厉害的了。

被情爱所系缚，被情爱所茧结，被情爱所迷惑，被情爱所执染，几乎是人间不可避免的，但当情爱已经消失的时候，自己还系缚茧结自己，自己还迷惑执着自己，这就是真正的情困。

有一次我遇到一位中年妇女，她的朋友都已经儿女成群，可是她没有结婚。没有结婚的理由很简单，因为她忘不了二十年前的一段初恋。

她的初恋有什么不凡吗？为何她不能忘却？其实也没有，只是一个少男一个少女在学校里互相认识了，发誓要长相厮守，最后这个男的离开了，少女独自过着孤单的心灵生活，一过就是二十年。

这么普通的故事，她也说得眼泪涟涟，接着她说：“不过，这些都已经是过去的事了。”

我说：“在时间上，你的故事已经过去，实际上一点也没有过去，因为你的心灵还被困居在里面。到什么时候才算过去呢？就是你想起来的时候，充满了包容和宽谅，并且不为它所烦恼，那才是真正过去了。”

“做得到吗？”

“做得到的。在这个世界上为情沉溺的人固然很多，但从沉溺中走到光明的岸上的人也不少。因为他们救拔了自己，不为情所困。”

我把情说成是沉溺，把救拔说成是走到光明的河岸，是有道理的。我们在祝福一对新人时，最常用的一句话是“永浴爱河”。

“爱河”的譬喻出自《华严经》。《华严经》上说：“随生死流，入大爱河。”为什么说是爱河呢？由于爱欲和河一样具有三种特性：一种是容易使人沉溺，不易自拔；第二种是爱欲的心就像河水一样，能浸染入最深的地方，例如我们用铁锤击石，石头会碎裂，但不能击碎每一个分子，可是如果我们把石头丢入河里浸染，它可以湿濡石头的任何一个分子，年深日久甚至把它分解成粉末；第三种是难以渡越，不管是贩夫走卒，王公将相，都无法一步跨过河的对岸，同样的，要一步从情爱的束缚中走过也非常的不易。

我想起《杂阿含经》里记载的一个故事：有一次释迦牟尼对弟子说法。他问他们："你们认为是天下四个大海的水多，还是在过去遥远的日子里，因为和亲爱的人别离所流的眼泪多呢？"

释迦牟尼的意思是，从遥远的过去，一生而再生的轮回里，在人无数次的生涯中，都会遇到无数次离别的时刻，而流下数不尽的眼泪，比起来，究竟是四大海的海水多，还是人的眼泪多呢?

弟子回答说："我们常听见世尊的教化，所以知道，四个大海水量的总和，一定比不上在遥远的日子里，在无数次的生涯中，人为所爱者离别而流下的眼泪多。"

释迦牟尼非常高兴地称赞了他的弟子之后说："在遥远的过去中，在无数次的生涯中，一定反复不知多少次遇到过父母的死，那些眼泪累积起来，正不知有多少！在遥远的无数次生涯中，反复不知多少次遇到孩子的死，或者遇到朋友的死啊！或者遇到亲属的死啊！在每一个为所爱者的生离死别含悲而所流的眼泪，纵使以四个大海的海水，也不能相比啊！"

这是多么可叹可悲！人因为情苦与情困，不知道流下了多少宝贵的泪珠。情困如此，物困亦足以令人落泪。束缚在情与物中的人固然处境堪怜，究竟不能算是第一流人物。什么是第一流人物呢？古人说：“岭上多白云，只可自怡悦，不堪持赠君，自是第一流人物。”

第一流的人物看白云虽是至美，却不想拥有，只想心领神会，这是多么高的境界。当我们知道其实在今生今世，情如白云过隙，物则是梦幻泡影，那么还有什么可以抱老以终的呢？

第一流人物犹如一株香花，我们不能说这株花是花瓣香，也不能说是花茎香；我们不能说是花蕊香，也不能说是花粉香；当然不能说是花根香，也不能说是花叶香……因为花是一个整体，当我们说花香时，是整株花的香。困于情物的人，往往只见到了自己那一株花里一小部分的香，忘失了那株花，到后来失去了自己，因此，这样的人不能说是第一流的人物。

第一流的人物，不在于拥有多少物，拥有多少情，而在于能不能在旧物里找到新的启示，能不能在旧情里找到新的智慧，进出无碍。万一不幸我们正在困局里，那么想一想：如果我是一只蛹，即使我的茧是由黄金打造的，又有什么用呢？如果我是一只蝶，身上色彩缤纷，可以自在地飞翔，则即使在野地的花间，也能够快乐地生活，又哪里在乎小小的茧呢？

可叹的是，大多数人舍不得咬破那个茧，所以永远见不到真正的自我，真正的天空。

金箭与铅箭

希腊神话里，爱神丘比特身上背了两支箭：一支金箭，一支铅箭。传说被金箭射中的人就会滋生爱苗，情爱如痴；被铅箭射中的人就反目成仇，恨之入骨。

一般人总是希望永远不要被铅箭射中，而且希望天天被金箭射中。可叹的是，丘比特总是双箭连发，当一个人为金箭沉迷的时候，第二支铅箭马上就射来了。

但是人有所不知，金箭与铅箭不是背在丘比特身上，而是背负在我们自己心上。我们热爱一个人的时候，其心如金，闪闪生辉，所中之处鸟语花香，皆如春天；我们怨恨人的时候，其心如铅，灰败沉重，所到之地冰雪封冻，一如严冬。

同一棵树，春天来的时候就发芽生长，冬天来了便落叶萧瑟。同样的一个人，心中有爱就点石成金，失去了爱则黄金也变成铅。

其实，我们每个人都背着金箭与铅箭。

爱神，就是我们自己。

爱神就是我们自己的意思，并不是说这世界除了我们就没有爱神，只是爱神是一个无形的东西，它是我们的环境和因缘。我们内心的金箭与铅箭是我们的“内缘”，我们外在的机遇就是我们的“外境”，而时间与空间的因素是我们的“助缘”。

当我们的内缘与外境、助缘相和谐的时候，我们就射出了金箭；可是当内缘、外境、助缘不和谐，甚至起冲突的时候，我们的铅箭就射出去了。

我想，我们对一个人由爱生恨，有时是因我们自己产生了厌离之心，但大部分时间是由于那个对象背弃了我们。后一种情况比较严重，是我们自己用有毒的铅箭射中我们自己。我们的一念怨毒就是一支铅箭，我们天天怨毒就天天中箭。

我认识一些人，他们在爱情里受伤，经过了数十年还满腹的怨恨。这些人心中所射出的铅箭怕不早已塞满天地之间了。

如何把铅箭拔掉才是更重要的吧！

梨花的两种面目

人不只背负着金箭和铅箭，人心还能发射更多的东西。日本近代的禅学大师铃木大拙称之为“渴爱”，并且认为一切都是由渴爱来的，他说：

> 渴爱要看，于是便有了眼睛；
>
> 渴爱要听，于是便有了耳朵；
>
> 渴爱要跳，于是便有了麋鹿、羚羊、兔子，以及其他会跳的动物；
>
> 渴爱要飞，于是便有了各式各样的鸟；
>
> 渴爱要游，于是凡有水的地方便有了鱼；
>
> 渴爱要开花，于是便有了种种不同的花卉；

渴爱要发光，于是便有了星星；

渴爱要有天体运行的场合，于是便有了天文学上所说的种种现象；

如此等等，举不胜举。

渴爱是宇宙创造者。

因此，“渴爱”先于我们，因为有渴爱，所以我们才有种种的形体、种种的行为、种种的表现。我们先爱了，才产生了善意、关怀、牺牲、有舍、付出，甚至为了所爱，不惜生命；也因为我们先有恨，才有仇恨、瞋毒、抛弃、伤害、毁灭、自私，甚至为了仇恨，消灭自己。

渴爱与外在的对应也是非常重要。我们如果只有金箭和铅箭，而没有弓，以及拉弓的力，不管什么箭都射不出去。

我有一个朋友，他家的院子里有一株梨树，每年都会盛开洁白的几近于无染的梨花。有一天他写信告诉我：“每天抬头看到窗外的梨花落了一地，心里真是感到凄凉。在这个世界上，再好的东西也要凋谢和败坏的吧！我们是多么无能，竟然不能保留一朵梨花，让它永远地开在树上。”

我看着朋友的信，想到他倚窗独坐的寂寞的影子，不禁也感受到他的忧伤，好像我亲见了他窗外落了一地的梨花。

朋友正遭逢一次婚姻与爱情的巨变，心情灰败到极点。这个时候，不要说是梨花，就是节庆的烟火、快乐的颂歌、明朗的阳光，在他的眼中都是忧伤的。

我想到他以前的另一封来信：“我真是爱极了院子里的这棵梨花。搬到这里选中这个房子，有一大半是因为这棵梨树。早晨醒来站在窗前看梨花落了一地，实在美丽非凡。今天还看到梨树的枝丫间正冒着新芽哩！”

这封信是他结婚不久，刚搬新家时写的。朋友可能早已忘了他曾经以如此美丽的角度去看梨花。两相对照，我们可以体会到，梨花还是同一株梨花，只因看的人心情不同也就有了差别。

最后，梨树被朋友砍倒，因为他要搬家了。他说：“我砍倒了梨树，因为我不希望别人拥有它，我要让它永远只活在我的记忆里。”

那棵梨树何辜呢？

可见渴爱所发出的力量有多么强大了！

也可见渴爱与形体有深刻的对应，我们作为人一天，就一天不能去除所有的渴爱，但是，如果我们用对应的转化，可以把不善的渴爱变成善的渴爱。

心常欢喜、离垢、发光……

铃木大拙另有一段极为优美的文字，谈到渴爱的本质与对应，因为太优美了，我忍不住抄录在这里：

> 在一只猫追逐一只老鼠的时候，在一条蛇吞食一只青蛙的时候，在一条狗凶猛地向树上的一只松鼠大吠的

时候，在一头猪在污泥中哼叫的时候，在一条鱼悠游自在地在水里游动的时候，在波涛汹涌的怒海上面奔跃的时候，难道我们不在这当中感到我们本身的“渴爱”表现着某些变化无尽的形态吗？星星在晴朗的秋夜发着闪闪的光芒，沉思般地眨着眼睛；莲花在夏日的清晨开放着，甚至在太阳尚未升起之前就展开了它的花瓣；春天来到的时候，所有一切的树木都从漫长的冬眠之中醒来，争先恐后地爆出新生的绿叶——难道我们不是也能看出我们人类的“渴爱”在这当中展露它一部分特质吗？

明白了这个道理，我们就知道了人可以透过修行走向清净的道路，知道了生命的悦乐或爱痛的泉源是我们自己，同时也知道了菩萨之道实是心之所发。

可是，作为一个菩萨，投生到婆娑世界仍然是形象的凡夫；若投生到地狱恶道，也要和地狱众生同受诸种大苦。不同的是，在对应的时候，凡夫感受到无法超越的苦，随苦而转，菩萨虽也处于苦境，却能不沉溺于苦，不为苦所缠缚，甚至以苦为乐——就是他的身上纵使被铅箭所射满，但他不因此生恨，由他自己心里射出去的全是金箭。

《华严经普贤行愿品》里有一段弥勒菩萨和善财童子的对话。说道有菩萨心者则“火不能烧，毒不能中，刀不能伤，水不能漂，烟不能熏”；弥勒菩萨接着说：“得一切智菩提心药，离五怖畏。何等为五？不为一切三毒火烧，五欲毒不中，惑刀不伤，有流不漂，诸觉观烟不能熏害。”

菩萨并未能免除一切俗世的遭遇，但不同的是在遭遇的时候，他能不被贪瞋痴三毒所焚烧，又能不被色声香味触五欲所射中，不会被迷惑的刀刃所杀伤，不会随波逐流失去清醒，也不会被种种思维辨证的烟所障蔽。

所以，在人世间，我们投生于此有两种可能：一是随业流转，一是乘愿再来。菩萨本来不用再来的，因为他要度化众生，发大愿，所以又来了。一旦来这个世界就只有和众生一起受苦，然而他总有超拔的力量，把种种的烦恼转化为智慧。

在《华严经》《仁王经》里都记载了大乘菩萨的十地，也就是菩萨的十个不同层次。一是欢喜地菩萨，二是离垢地菩萨，三是发光地菩萨，四是焰慧地菩萨，五是极难胜地菩萨，六是现前地菩萨，七是远行地菩萨，八是不动地菩萨，九是善慧地菩萨，十是法云地菩萨。

后面几地的境界是我们凡夫所不能至，但不论在何景何情都能心常欢喜、心常离垢、心常发光、心常燃起智慧之火……都不是不可能的。

“凡夫”与“菩萨”实际上也是心的分别，是受、想、行、识的分别，而不是形象的分别，但到了最后则又没有分别了。

《法集经》里说：

> 亦得言一切法是菩萨，亦得言一切法非为菩提。问曰：“以何义故？一切法名为菩提，一切法非菩

提？”答言：“于一切法，着我我所，此非菩提；觉一切法平等，知一切法真如，名为菩提。”

一切法，一切外境，一切一切对我们的喜乐或伤害都应做如是观，如果我因而被染着，那我就是一个没有智慧的人了。

在《首楞严三昧经》里，更清楚地说明这个道理：

> 一切凡夫，忆想分别，颠倒取相，是故有缚。动念戏论，是故有缚。见闻觉知，是故有缚。此中实无缚者，所以者何？诸法无缚，本解脱故。诸法无解，本无缚故。常解脱相，无有愚痴。

——事实上，心常解脱的人，心常平等，心常真如，才是真正有智慧的人。

不去草秽，禾实不成

佛教许多经典里，佛陀都说到当一个人动了慈爱之念，对方尚未得到慈爱的利益时，自己就先得利了；反之一个人怀有怨恨，对方尚未受害，自己就先受伤了。非仅如此，不论是慈爱或怨恨的付出，都还将绕一个圈子回来，报在自己身上。

像《出曜经》中说：“害人得害。行怨得怨。骂人得骂。击人得击。”

《四十二章经》里说："恶人害贤者，犹仰天而唾；唾不污天，还污己身。逆风坌人，尘不污彼，还坌于身。贤者不可毁，祸必灭己也。"

到了终极，佛教里认为一个人如果不完全去除恶念，就不可能成道；要到了善意遍满，才打下得道的基础。《三慧经》里就说："身譬如地，善意如禾，恶意如草。不去草秽，禾实不成。人不去恶意，亦不得道。人有瞋恚，是为地生蒺藜。善意如电，来即明，去便复冥。邪念如云覆日时，不见已恶意起，不见道。"

这最后两句，是说我们寻常人很难做到完全没有恶念，但是最少应该在恶意萌起的时候，能自己知道，否则就与道无缘了。

所以，在铅箭射出之时，如果能立即觉察到，发出金箭，则人生还是有希望的。在《未曾有因缘经》里说"前心作恶，如云覆月；后心起善，如炬消暗"正是这个道理。

我们每天从睡眠中起来，其实就是如箭在弦，把自己从自我射出，射到一个复杂的生活环境与人际关系。能够善处的人，不论遭遇到什么样的困境与烦恼，回到自我的时候，总是身心自在；不能善处的人，即使在快乐的时候，总埋下忧伤的暗影。回到自我的时候，那忧伤又会冒出头来。

当我们的念头发出时，注意它，不要让它空过，不要让它走失。凡所有事，都从善的角度来想，则人生有什么不可度的呢？则怨毒又如何伤害我呢？

化作春泥更护花

写到这里，我想到《四十二章经》里佛陀说的故事。有一个人听到佛陀在修道，并且行大仁慈，心里就起了瞋念，用很难听的话来骂佛陀。佛陀默不应对。那个人骂了半天觉得奇怪，就停止叫骂，问佛陀说："为什么别人骂你，你都无动于衷呢？"

佛陀说："你办了很丰盛的礼物要送给别人，那个人并不接受，这礼物是不是又回到你自己的手上呢？"

那人说："当然又回到我的手上！"

佛陀说："今天你骂我，我并不接受，这就像你自己拿着祸事，又回到你的身上。"

因为这件事，佛陀就教化他的弟子："犹响应声，影之随形，终无免离，慎勿为恶。"

这个世界会变成今天这个样子，就是太多的仇恨、太多的欲望、太多的争夺、太多的嫉妒所造成的。当然，我们面对这样的世界是无能为力的，但至少我们能从本身做起，不随波逐流，做一个充满广大的、无私的、深刻的爱心的人。

即使从小爱来说，当我们曾经深切地爱过一个人之后，就不要再恨他了吧。如果不能再爱，就把爱化成关心、化成理解、化成清澄的智慧与明心。

如果要做春蚕，也不要到死都吐着怨恨的丝；如果要做蜡炬，也不要永远流着悲伤的泪。

我非常喜欢两句诗："落红不是无情物，化做春泥更护花。"这是多么优美的境界。一朵花化成了春天的泥土还护着一枝花，而花是不可能永远开在树上的。

若以人喻花，为什么有的人一离开了枝丫，就怀恨、忧伤，完全忘记了自己曾经盛开的景况呢？

因此，从现在起，就把我们的铅箭丢掉，把我们的金箭起出，重新把弓拉满吧！

忧欢派对

有两位武士在树林里相遇了，他们同时看见树上的一面盾牌。

“呀！一面银盾！”一位武士叫起来。

“胡说！那是一面金盾！”另一位武士说。

“明明是一面银制的盾，你怎么硬说是金盾呢？”

“那是金盾是明显不过的，为什么你强词夺理说是银盾？”

两位武士争吵起来，始而怒目相向，继而拔剑相斗，最后两人都受了致命的重伤，当他们向前倒下的一刹那，才看清树上的盾牌，一面是金的，一面是银的。

我很喜欢这则寓言，因为它有极丰富的象征，它告诉我们，一件事物总可以两面来看，如果只看一面往往看不见真实的面貌，因此，自我观点的争执是毫无意义的。进一步地说，这世界本来就有相对的两面，欢乐有多少，忧患就有多少；恨有多切，爱就有那么深；祸兮福所倚，福兮祸所伏；所以我们要找到身心的平衡点，就要先认识这是个相对的世界。

人的一生，说穿了，就是相对世界追逐与改变的历程。我们通常会在主客、人我、是非、知见、言语、动静中浮沉而不自知，凡是合乎自己所设定的标准时，就会感到欢愉幸福，不合乎我们的标准时，就会感到忧恼悲苦。这个世界之所以扰攘不安，就是由于人人的标准都不同。而人之沉于忧欢的旋涡，则是因为我们过度地依赖感觉。感觉乃是变换不定的，随外在转换的东西，使人都像走马灯一样，不停变换悲喜。

把人生的历程拉长来看，忧欢是生命中一体的两面。它们即使不同时现起，也总是相伴而行。

佛经里就有一个这样的故事：有两位仙女，一位人见人爱，美丽无比，名字叫作“功德天”；另一位人见人恶，丑陋至极，名字叫“黑暗天”。当功德天去敲别人的门时，总是受到热烈招待，希望她能永远在家里做客，可是往往只住很短暂的时间，丑陋的黑暗天就接着来敲门，主人当然拒绝她走进家门一步。

这时候，功德天与黑暗天就会告诉那家的主人：“我们是同胞姊妹，向来是形影不离的，如果要赶走妹妹，姊姊也不能单独留下来；如果要留下功德天，就必须让黑暗天也进门作客。”

愚蠢的主人就会把姊妹都留下来。他们为了享受功德，宁可承受黑暗。有智慧的主人则会把两姊妹都送走，宁可过恬淡的生活。

这也是一个非常有象征意味的寓言。它启示我们，有智慧的人“无求”，他知道人生的忧欢都只是客人而已，并非生命的本体，唯有不执着于功德的人，才不会有黑暗的侵扰——也唯有不追求欢乐的人，才不会落入忧苦的泥沼。

忧欢时常联手，这是生活里最无可奈何的景况。期许自己不被感觉所侵蚀的人，只有从超越感官的性灵入手。

有一次，我到一间寺庙去游玩，看到庙前树上挂着的木板写着：

心安茅屋稳，
性定菜根香。
世事静方见，
人情淡始长。

安、定、静、淡应该是对治感官波动、悲喜冲击的好方法，可是在现实里并不容易做到。不过，对一个追求智慧的人，他必须知道，幸福的感受与人的心情态度有着密切的关系。有时候，那些看似平淡的事物反而能有深刻悠长的力量。这是为什么在真实相爱的情侣之间，一朵五块钱玫瑰花的价值，不比一粒五克拉的钻石逊色。

有一首流行甚广的民谣《茶山情歌》里有这样几句：

茶也青哟，
水也清哟，
清水烧茶，
献给心上的人。
情人上山你停一停，
喝口清茶，
表表我的心！

我每次听到这首歌，就深受感动。这原是采茶少女所唱的情歌。用青茶与清水来表达自己的情感，真是平常又非凡的表白。一个人的情感若能青翠如寒山雾气中的茶，清澈若山谷溪涧的水，确实是值得珍惜，可以像珍宝一样拿出来奉献的。

一杯清茶也可以如是缠绵，使人对情爱有更清净的向往。在爱恨炽烈的现代人看来，真是不可思议。然而，我们若要了解真爱，并进入人生更深刻的本质，就非使心情如茶般青翠、水样清明不可。可叹的是，现代人喝惯了浓烈的忧欢之酒，愈来愈少人懂得茶青水清的滋味了。

我国明朝时代，有一首山歌，和《茶山情歌》可以前后辉映：

不写情词不写诗，
一方素帕寄心知，
心知接了颠倒看，
横也丝来竖也丝，
这般心事有谁知？

一条白色的手帕，就能够如此丝缕牵缠，这种超乎言语的情意，现在也很少人知了。

情爱，算是人间最浓烈的感觉了。若能存心如清茶、如素帕，那么不论得失，情意也不至于完全失去，自然也不会反目成仇，转爱成恨了。只是即使淡如清茶还是有忧欢的波澜，不能有清净的究竟。历史上的禅师以观心、治心、直心的方法来超越，使人能高高地站在忧欢之上。我们来看两个公案，可以让我们从清茶素帕再进一步，走入“高高山顶立，深深海底行”

的世界。

有一位名叫玄机的尼师去参访雪峰禅师。禅师问说："什么处来？"

曰："大日山来。"

师曰："日出也未？"

曰："若出，则熔却雪峰。"

师曰："汝名什么？"

曰："玄机。"

师曰："日织多少？"

曰："寸丝不挂。"

雪峰听了默然不语。玄机十分得意礼拜而退。才走了三步，雪峰禅师说："你的袈裟角拖到地上了！"玄机回头看自己的袈裟，雪峰说："好一个寸丝不挂！"

这是多么机锋敏捷的谈话！玄机尼师的寸丝不挂立即被雪峰禅师勘破。这个公案使我们知道从"清茶素帕"到"寸丝不挂"之间是多么遥远的路途。

另一个公案是唐朝大诗人白居易去参唯宽禅师。

白居易："何以修心？"

唯宽："心本无损伤，云何要理？无论垢与净，切勿起念。"

白居易："垢即不可念，净无念可乎？"

唯宽："如人眼睛上一物不可住，金屑虽珍宝，在眼亦为病。"

唯宽禅师的说法，使我们知道，纵是净的念头也像眼睛里的金屑，并不值得追求。那么，若能垢净不染，则欢乐自然也不可求了。

禅师不着于生命，乃至不着一切意念的垢净，并不表示清净的人必须逃避浊世人生。在《西厢记》里有两句话：“你也掉下半天风韵，我也飘去万种思量。”是说如果你不是那样美丽，我也不会如此思念你了。金圣叹看到这两句话就批道：“昔时有人嗜蟹，有人劝他不可多食，他就发誓说：‘希望来生我见不着蟹，也免得我吃蟹。’”这真是妙批，是希望从逃避外缘来免得爱恨的苦恼，但禅师不是这样的，他是从内心来根除染着，外缘上反而能不避，甚至可以无畏地承当了。也就是在繁花似锦之中，能向万里无寸草处行去！

宗宝禅师说得非常清楚透彻：“圣人所以同者心也，凡人所以异者情也。此心弥满清净，中不容他，遍界遍空，如十日并照。觌面堂堂，如临宝镜，眉目分明。虽则分明，而欲求其体质，了不可得。虽不可得，而大用现前，折、旋、俯、仰，见、闻、觉、知，一一天真，无暂时休废。直下证入，名为得道。得时不是圣，未得时不是凡。只凡人当面错过，内见有心，外见有境，昼夜纷纭，随情造业，诘本穷源，实无根蒂。若是达心高士，一把金刚王宝剑，逢着便与截断，却不是遏捺念虑，屏除声色。一切时中，凡一切事，都不妨他，只是事来时不惑，事去时不留。”

真到寸丝不挂的禅者，他不是逃避世界的，也不是遏止捺住念头或挂虑，当然更不是摒除一切声色，他只是一一天真地面对世界，而能“事来时不惑，事去时不留”。

这是多么广大、高远的境界！

我们凡夫几乎是做不到——天真、不惑不留的，却也不是不能转化忧欢的人生历练。我听过这样的故事：一位女歌手在演唱会中场休息的时候，知道了母亲过世的消息，她擦干眼泪继续上台做未完的表演，唱了许多欢乐之歌，用悲哀的泪水带给更多人欢笑。

在这个世界上，还有更多的演员与歌手，他们必须在心情欢愉时唱忧伤之歌，演悲剧的戏；或者在饱受惨痛折磨时，还必须唱欢乐的歌，演喜剧的戏。而不管他们演的是喜是悲，都是为了化解观众生命的苦恼，使忧愁的人得到清洗，使欢喜的人更感觉幸福。文学家、音乐家、艺术家等心灵工作者，无不是这样子的。

实际人生也差不多是这样子，微笑的人可能是在掩盖心中的伤痛，哀愁者也可能隐藏或忽略了自己的幸福，更多的时候，是忧与欢的泪水同时流下。

不管是快乐或痛苦，人生的历程有许多没有选择余地的经验，这是有情者最大的困局。我们也许做不到禅师那样明净空如，但我们可以转换另一种表现，试图去跨越困局，使我们能茶青水清，并用来献给与我们一样有情的凡人，以自己无比的悲痛来疗治洗涤别人生命的伤口。困局经常是这样转化，心灵往往是这样逐渐清明的。

因此，让我们幸福的时候，唱欢乐之歌吧！

让我们忧伤的时候，更大声地唱欢乐之歌吧！

忧欢虽是有情必然的一种连结，但忧欢也只是生命偶然的一场派对！

幸福的开关

一直到现在，我每看到在街边喝汽水的孩童，总会多注视一眼。而每次走进超级市场，看到满墙满架的汽水、可乐、果汁饮料，心里则颇有感慨。

看到这些，总令我想起童年时代想要喝汽水而不可得的景况。在台湾初光复不久的那几年，乡间的农民虽不致饥寒交迫，但是想要三餐都吃饱似乎也不太可得，尤其是人口众多的家族。更不要说有什么零嘴饮料了。

我小时候对汽水有一种特别奇妙的向往，原因不在汽水有什么好喝，而是由于喝不到汽水。我们家是有几十口人的大家族，小孩依大排行就有十八个之多。记忆里东西仿佛永远不够吃，更别说是喝汽水了。

喝汽水的时机有三种：一种是喜庆宴会，一种是过年的年夜饭，一种是庙会节庆。即使有汽水，也总是不够喝，到要喝汽水时好像进行一个隆重的仪式，十八个杯子在桌上排成一列，依序各倒半杯，几乎喝一口就光了，然后大家舔舔嘴唇，觉得汽水的滋味真是鲜美。

有一回，我走在街上的时候，看到一个孩子喝饱了汽水，站在屋檐下呕气，呕——长长的一声。我站在旁边简直看呆了，羡慕得要死掉，忍不住忧伤地自问道：什么时候我才能喝汽水喝到饱？什么时候才能喝汽水喝到呕气？因为到读小学的时候，我还没有尝过喝汽水到呕气的滋味。心想，能喝汽水喝到把气呕出来，不知道是何等幸福的事。

当时家里还点油灯。灯油就是煤油，俗称“臭油”或“番仔油”。有一次我的母亲把臭油装在空的汽水瓶里，放置在桌脚旁，我趁大人不注意，一个箭步就把汽水瓶拿起来往嘴里灌，当场两眼翻白、口吐白沫，经过医生的急救才活转过来。为了喝汽水而差一点丧命，后来成为家里的笑谈，却并没有阻绝我对汽水的向往。

在小学三年级的时候，有一位堂兄快结婚了。我在他结婚的前一晚竟辗转反侧地失眠了。我躺在床上暗暗地发愿：明天一定要喝汽水喝到饱，至少喝到呕气。

第二天我一直在庭院前窥探，看汽水送来了没有。到上午九点多，看到杂货店的人送来几大箱的汽水，堆叠在一处。我飞也似地跑过去，提了两大瓶的黑松汽水，就往茅房跑去。彼时农村的厕所都盖在远离住屋的几十米之外，有一个大粪坑，几星期才清理一次。我们小孩子平时很恨进茅房的，卫生问题通常是就地解决，因为里面实在太臭了。但是那一天我早计划好要在里面喝汽水，那是家里唯一隐秘的地方。

我把茅房的门反锁，接着打开两瓶汽水，然后以一种虔诚的心情，把汽水咕嘟咕嘟地往嘴里灌，就像灌蟋蟀一样。一瓶汽水一会儿就喝光了。几乎一刻也不停的，我把第二瓶汽水灌进腹中。

我的肚子整个胀起来。我安静地坐在茅房地板上，等待着呕气，慢慢地，肚子有了动静，一股沛然莫之能御的气翻涌出来，呕——汽水的气从口鼻冒了出来，冒得我满眼都是泪水。我长长地叹了一口气："这个世界上再也没有比喝汽水喝到呕气更幸福的事了吧！"然后朝圣一般打开茅房的木栓，走出来，发现阳光是那么温暖明亮，好像从天上回到了人间。

每一粒米都充满幸福的香气

在茅房喝汽水的时候，我忘记了茅房的臭味，忘记了人间的烦恼，觉得自己是世上最幸福的人。一直到今天我还记得那年叹息的情景。当我重复地说："这个世界上再也没有比喝汽水喝到呕气更幸福的事了吧！"心里百感交集，眼泪忍不住就要落下来。

贫困的岁月里，人也能感受到某些深刻的幸福，像我常记得添一碗热腾腾的白饭，浇一匙猪油、一匙酱油，坐在"户定（厅门的石阶）"前细细品味猪油拌饭的芳香，那每一粒米都充满了幸福的香气。

有时这种幸福不是来自食物。我记得当时在我们镇上住了一位卖酱菜的老人。他每天下午的时候都会推着酱菜摊子在村落间穿梭。他沿路都摇着一串清脆的铃铛，在很远的地方就可以听见他的铃声。每次他走到我们家的时候，都在夕阳将落下之际。我一听见他的铃声跑出来，就看见他浑身都浴在黄昏柔美的霞光中。那个画面、那串铃声，使我感到一种难言的幸福，好像把人心灵深处的美感全唤醒了。

有时幸福来自于自由自在地在田园中徜徉了一个下午。

有时幸福来自于看到萝卜田里留下来作种的萝卜，开出一片宝蓝色的花。

有时幸福来自于家里的大狗突然生出一窝颜色都不一样的、毛茸茸的小狗。

生命的幸福原来不在于人的环境、人的地位、人所能享受的物质，而在于人的心灵如何与生活对应。因此，幸福不是由外在事物决定的。贫困者有贫困者的幸福，富有者有其幸福，位尊权贵者有其幸福，身份卑微者也自有其幸福。在生命里，人人都是有笑有泪；在生活中，人人都有幸福与忧恼，这是人间世界真实的相貌。

从前，我在乡间城市穿梭做报道访问的时候，常能深刻地感受到这一点。坐在夜市喝甩头仔米酒配猪头肉的人民，他感受到的幸福往往不逊于坐在大饭店里喝 XO 的富豪。蹲在寺庙门口喝一斤二十元粗茶的农夫，他得到的快乐也不逊于喝冠军茶的人。围在甘蔗园呼么喝六，输赢只有几百元的百姓，他得到的刺激绝对不输于在梭哈台上输赢几百万的豪华赌徒。

这个世界原来就是个相对的世界，而不是绝对的世界，因此幸福也是相对的，不是绝对的。

由于世界是相对的，使得到处都充满缺憾，充满了无奈与无言的时刻。但也由于相对的世界，使得我们不论处在任何景况，都还有幸福的可能，能在绝壁之处也见到缝隙中的阳光。

我们幸福的感受不全然是世界所给予的，而是来自我们对外在或内在的价值判断。我们的幸福与否，正是由自我的价值观来决定的。

以直观来面对世界

如果，我们没有预设的价值观呢？如果，我们可以随环境调整自己的价值判断呢？

就像一个不知道金钱、物质为何物的赤子，他得到一千元的玩具与十元的玩具，都能感受到一样的幸福。这是他没有预设的价值观，能以直观来面对世界，世界也因此以幸福来面对他。

就像我们收到陌生者送的贵重礼物，给我们的幸福感还不如知心朋友寄来的一张卡片。这是我们随环境来调整自己的判断，能透视物质包装内的心灵世界，幸福也因此来面对我们的心灵。

所以，幸福的开关有两个：一个是直观，一个是心灵的品味。

这两者不是来自远方，而是由生活的体会得到的。

什么是直观呢？

有源律师问大珠慧海禅师："和尚修道，还用功否？"

大珠："用功。"

"如何用功？"

"饿来吃饭，困来眠。"

"一切人总如同师用功否？"

"不同！"

"何故不同？"

"他吃饭时不肯吃饭，百种须索；睡时不肯睡，千般计较，所以不同也。”

好好地吃饭，好好地睡觉就是最大的幸福，最深远的修行，这是多么伟大的直观！在禅师的语录里有许多这样的直观，都是在教导启示我们找到幸福的开关，例如：

百丈怀海说：“如今对五欲八风，情无取舍，垢净俱亡，如日月在空，不缘而照；心如木石，亦如香象截流而过，更无滞碍，此人天堂地狱所不能摄也。”

庞蕴居士说：“神通并妙用，运水与搬柴。”“好雪片片，不落别处。”

沩山灵祐说：“一切时中，视听寻常，更无委曲，亦不闭眼塞耳，但情不附物，即得。……譬如秋水澄渟，清净无为，澹泞无碍，唤他做道人，亦名无事之人。”

黄檗希运：“凡人多不肯空心，恐落空。不知自心本空，愚人除事不除心，智者除心不除事。”“终日吃饭，未曾咬着一粒米；终日行，未曾踏着一片地。与么时，无人我等相，终日不离一切事，不被诸境惑，方名自在人。”

在禅师的话语中，我们处处都看见了一个人如何透过直观，找到自心的安顿、超越的幸福。若要我说世间的修行人所为何事？我可以如是回答：“是在开发人生最究竟的幸福。”这一点禅宗四祖道信早就说过了。他说：“快乐无忧，故名为佛！”读到这么简单的句子使人心弦震荡，久久还绕梁不止。这不是人间最大的幸福吗？

只是在生命的起落之间，要人永远保有“快乐无忧”的心境是何其不易。那是远远超过了凡尘的青山与溪河的胸怀。因此另一个开关就显得更平易了，就是心灵的品味，仔细地体会生活环节的真义。

垂丝千尺　意在深潭

现代诗人周梦蝶，他吃饭很慢很慢，有时吃一顿饭要两个多小时。有一次我问他："你吃饭为什么那么慢呢？"

他说："如果我不这样吃，怎么知道这一粒米与下一粒米的滋味有什么不同。"

我从前不知道他何以能写出那样清新空灵、细致无比的诗歌。听到这个回答时，我完全懂了，那是来自心灵细腻的品味，有如百千明镜鉴像，光影相照，使我们看见了幸福原是生活中的花草。粗心的人践花而过，细心的人怜香惜玉罢了。

这正是黄龙慧南说的："高高山上云，自卷自舒，何亲何疏；深深涧底水，遇曲遇直，无彼无此。众生日用如云水，云水如然人不尔。若得尔，三界轮回何处起？"

也是克勤圆悟说的："三百六十骨节，一一现无边妙身；八万四千毛端，头头彰宝王刹海。不是神通妙用，亦非法尔如然，苟能千眼顿开，直是十方坐断！"

众生在生活里的事物就像云水一样。云水如此，只是人不能自卷自舒、遇曲遇直，都保持幸福之状。保有幸福不是什么神通，只看人能不能千眼顿开，有一个截然的面对。

“垂丝千尺，意在深潭。”我们若想得到心灵真实的归依处，使幸福有如电灯开关，随时打开，就非时时把品味的丝线放到千尺以上不可。

人间的困厄横逆固然可畏，但人在横逆困厄之际，没有自处之道，不能找到幸福的开关才是最可怕的。因为这世界的困境牢笼不光为我一个人打造，人人皆然。为什么有的人幸福，有的人不幸，实在值得深思。

我有一位朋友，是一家大公司的经理。有一天，我约他去吃番薯稀饭，他断然拒绝了。

他说：“我从小就是吃番薯稀饭长大的。十八岁那一年我坐火车离开彰化家乡，在北上的火车上我对天发誓：这一辈子我宁可饿死，也不会再吃番薯稀饭了。”

我听了怔在当地。就这样，他二十年没有吃过一口番薯，也许是这样决绝的志气与誓愿，使他步步高升，成为许多人欣羡的成功者。不过，他的回答真是令我惊心，因为在贫困岁月抚养我们成长的番薯是无罪的呀！

当天夜里，我独自去吃番薯稀饭，觉得这被目为卑贱象征的地瓜，仍然滋味无穷。我也是吃番薯稀饭长大的，但不管何时何地吃它，总觉得很好，充满了感恩与幸福。

走出小店，仰望夜空的明星，我听到自己步行在暗巷中清晰而渺远的足音，仿佛是自己走在空谷之中。我知道，我们走过的每一步不一定是完美的，但每一步都有值得深思的意义。

只是，空谷足音，谁愿意驻足聆听呢？

无怨的风

大概是小时候养成的习惯，我一直很喜欢读台湾出版的农民历。虽然农民历的印刷向来十分粗糙，但我只要看到那黄色的封面，心中就会流过一股温暖的感觉。

从有记忆开始，老家祖厅的墙上就挂着一本农民历。由于经常使用的关系，它的书页都已翘起，还沾着一些手渍与油污。在农民历上方的墙是曾祖父曾祖母的画像以及祖父母的遗照，对面则贴着家族成员的重要相片，还有小孩子在学校得到的奖状，密密麻麻的。正中央的供桌则供奉着观音菩萨、妈祖娘娘和祖宗牌位。

我常觉得农民历和那些摆在祖厅的事物都有密切关系。它的重要性也可以等量齐观，是农人重要传统的一部分，否则怎么会摆在祖厅那么重要的位置呢？

旧时的农民看农民历有着不可轻忽的实用价值。就以五月来说吧，五月的节气叫作“小满”，日出是在清晨五点七分，日落是在十八点三十四分，这时候“太阳过黄经六十度，春天种的稻谷行将结实”。如果是台北的农民，是种植胡瓜、茄子、菜豆、甘薯、大葱的好时间；南部的农民，则可以种植小萝卜、蕹菜、越瓜、大豆、小白菜。若是住在安平的渔民，出海可捕到虱目鱼苗；在东港，则可以捕到龙虾和沙鱼。

这些看来简单的记述，实际上是不简单的。它是经过千百年无数农民实验的结果，它的真实性也不容轻易怀疑。像我的祖父、父亲都是农民，他们种作的时机全是参考农民历，决不擅做主张。光复以后，常有农会的人到家里游说，有的希望农民种新作物，有的要改变耕作方法。我记得父亲常回答说："要翻过历书才算。"

农民历当然不只记载种作的事，它还有"每日主事"，记载当天最重要的事。例如"上弦四时十八分"或"蚯蚓出"、"华陀神医诞辰"等等。还有"每日宜忌"，记载了大自纳采、嫁娶、入宅、安葬、造船、开市，小至裁衣、求医、挂匾、会亲友、扫舍宇种种行事。

从前的农民大小事都很细心谨慎，深怕犯冲，所以大小事情都会参阅黄历。另一个原因是敬畏天地，但要事事求教于风水仙又不可能，参看黄历是最便利的。

我童年时就对农民历深信不疑，甚至有一些被现代人看做迷信的东西，我也觉得颇有道理。譬如农民历最后一页常有"鹅肉配蛤蜊会中毒"，需用"绿豆沙来解"的图形，或者某月某日生肖属蛇的会犯冲，不宜远游诸类的说法。

长大一些以后，离家在外，我每年都会买一本农民历来放着，以备不时之需。有时深夜读之，便会惦念起父亲以及农田的情景，慢慢体会出农民历除了实用的记述，也有非常美丽的东西。像二十四个节气，每一个节气的语言都是美的：立春、雨水、惊蛰、春分、清明、谷雨、立夏、小满、芒种、夏至、小暑、大暑、立秋、处暑、白露、秋分、寒露、霜降、立冬、小雪、大雪、冬至、小寒、大寒。这些简单看似无情的语言，却蕴含了天地造化生育、繁茂、成熟、凋零的至情。

就以 1990 年来说，是岁在庚午。庚午在黄历的开卷诗是：

午支是岁适逢庚，九穗难期在一茎。
楚北河傍留履迹，荆阳陆上有船行。
早禾既属车非满，晚稻还忧禀未盈。
值此饥寒人在世，总宜安分勿伤情。

意思是这虽不是一个很好的年，如果能安分不要伤害万物，还是可以安然度过。每年黄历的开卷诗都不一样，也没有一个绝对的好年或坏年，能守情守分的人，必能稳步前进。

农民历以六十年为一甲子。每年对某些人固然不好，从大的角度看总有较好的时机。若以人的平均寿命六十岁来看，宇宙时空的轮替正好一圈，是真正的公平，也是“三十年河东，三十年河西”、“三十年风水轮流转”之意。体会到这一点，当我们遭逢不顺畅的年冬，可以真正的无怨。

农民历记载事物看来平凡，却非常文学而宜于联想，像“雁北乡”、“雉始句隹”、“鱼上水”、“蚯蚓出”、“鸿雁来”、“征鸟厉疾”、“鹰化为鸠”、“蛰虫始振”是记载动物活动的情形；像“水泽坚腹”、“东风解冻”、“草木萌动”、“雷乃发声”、“始电”、“虹始见”、“大雨时行”、“水始冰”、“天地始肃”、“天气上腾地气下降”是记载大自然的变化；像“王瓜生”、“苦菜秀”、“靡草死”、“禾乃登”、“菊有黄花”、“草木黄落”、“腐草化为萤”是记载植物的生长与变化。我常常想，要以如此简短精确的文字描述宇宙的情事，真不是一件简单的事。可见我们的祖先不但观察力敏锐，描述的敏感也是令人惊叹的。

有时候，农民历也有一些养生的记载。像我手中的农民历就有一篇《食疗歌》，也是先民的经验之谈。它说：

生梨食后化痰好，苹果消食营养高。
木耳抗癌素中荤，黄瓜减肥有成效。
紫茄祛风通脉络，莲藕除烦解酒妙。
海带含碘消淤结，香菇存酶肿瘤消。
胡椒驱寒兼除温，葱辣姜汤治感冒。
大蒜抑制肠胃炎，菜花常吃癌症少。
鱼虾猪蹄补乳汁，猪牛羊肝明目好。
盐醋消毒能消炎，韭菜补肾暖膝腰。
花生降醇亦养胃，冬瓜消肿又利尿。
柑桔消食化痰液，抑制癌菌猕猴桃。
香蕉含钾解胃火，禽蛋益智要记牢。
萝卜化痰消胀气，芹菜能降血压高。
生津安神数乌梅，润肺乌发食核桃。
番茄补血驻容颜，健胃补脾吃红枣。
白菜利尿排毒素，蘑菇抑制癌细胞。

仔细读这《食疗歌》，使我们了解老一辈人营养观念是这样来的。其中有许多科学的新观念，显然是近代人添加的。可见农民历不是完成于一人之手，也不是固定的，它可以变化、添加、发展，成为生活的手册——对了，农民历正是我们前人的“生活笔记”。

农民历中占有很大部分的风水、命理、干支、五行，许多现代人都视为迷信的东西，虽有很深的道理，却不是一成不变的。那是由于万物有序，人却是各不相同。这种不同使得四时行焉，仍有相对的可变之道。我在读农民历时就想到一个关于犹太人的笑话。

有五个犹太人上了天堂，在争辩什么是人生最重要的东西。

第一个犹太人摩西指着头说：“理性才是最重要的。”

第二个犹太人耶稣指着胸说：“爱才是最重要的。”

第三个犹太人马克思指着胃说：“食物才是最重要的。”

第四个犹太人弗洛伊德则说：“性才是最重要的。”

第五个犹太人爱因斯坦说：“你们说的都不对，因为宇宙间的一切都是相对的。”

农民历也是如此。在过去的岁月中曾给农业社会的人民提出生活的规范和指标。比较遗憾的是，它的步幅似乎不能相对地与现代生活相结合。我就常希望，现代的农业学家、社会学家、经济学家，乃至风水先生能重视这项遗产，保留珍贵的部分，重新编写一份属于现代人的“生活手册”，让农民挂在壁间的黄历有新的面貌。

我对农民历关于风水命理的部分持保留的态度，那是因为我相信禅师说的："日日是好日。"心里要是无怨，不管世间的八风怎么吹，我们都能听见风中美好的消息。心里要是有怨，再清凉的风里面都有寒蝉的悲声。

有一次，我和师父忏云上人在一起，听一位风水先生说起师父在美国的庙风水很好，不过有些小地方还可以改得更好。讲了半天，师父说："地理不如天理，天理不如人心。"一时之间，满座芬芳。走出户外，感觉到万里外吹来的寒风都是宜人的。

农民历关于风水宜忌、命理冲煞的那一部分，都应该从这个角度来看呀！

阳春世界

高中的时候，我就读台南海边的一所学校。

那学校是以无情的管教学生而著名，并且规定外地来的学生一律要住校。我因此被强迫住在学校宿舍。学校里规定，熄灯以后不准走出校门，否则小过一个。

说来可笑，我高中被记了好几个小过，最后被留校察看随时准备退学，原因竟是：熄灯后翻墙外出，屡劝不听。译成白话，用我的立场说：是学校伙食太差，时常半夜溜出去吃阳春面，不小心被捉到。

吃阳春面吃到小过连连，差点退学，这也是天下奇闻。

学校围墙外有一个北方来的退伍军人，开了一家小小的面馆。他的面条做得异常结实，好像把许多力气揉了进去，非常有滋味。并且他爱说北方的风沙往事，使我们往往宁可冒着被记过的危险，去吃他的阳春面。

那时候没有几个学生吃得起带肉的面，只能吃阳春面。面里浮着几星油丝，三四叶白菜，七八粒葱花，真是纯净一如阳春，但可以吃出面中的麦香，回味无穷。偶尔口袋里多了几文钱，就叫一块“兰花干”放在面上，觉得世界上再没有那样幸福的日子了。

我如今一想到“阳春面加兰花干”，觉得这个名字有非常之美。它的美是素朴的，诗意的，带一点生活平常的香气。但在那时，我们一开口说：“老板，一碗阳春面，放一块兰花干。”口水就已经流了满腮。

我对高中时代没有什么留念，却时常想起校外的阳春面和卖面的北方老板，甚至他的脸容、语音，以及面碗的颜色和形状，都还在眼前。

这些年，不容易吃到好的阳春面，也很少人吃阳春面了。有一次我在桃源街叫一碗阳春面，老板上下打量我半天，叹了一口气说：“我已经有五年多没有卖过一碗阳春面了呀！”最后，他边煮我的阳春面，边诉说着现代的人多么浮华，没有牛肉、排骨、猪脚已经吃不下一碗面。他的结论是：“再过几年，有很多孩子可能不知道阳春面是什么东西了。”

阳春面其实不只是一碗面，我们这一代的人都是从那个阳春世界里走过来的。阳春世界不见得是好的世界，但却是一个干净、素朴、有着人间暖意的世界。

其实，就在高中时代，我早已坚信，人即使只有吃阳春面的物质条件，便可过得尊严而又幸福了。

槟榔西施

我服兵役的时候，部队驻在湖口，营区前面有一条小街，就在这条小街上住了许多的西施。

剃头店的小姑娘叫“理发西施”，卖豆腐的小姐叫“豆腐西施”，水饺店的北方小妞叫“水饺西施”，水果店的台湾少女则是“冰店西施”，真是到了十步芳草的地步。

所谓西施也者，应该具备一些条件：一是女人，二是未婚，三是具有三分五分或两分一分的姿色。当兵的少年没有什么挑剔，一律称为西施。大家习以为常，被叫西施的少女也都笑嘻嘻地接受了。

但是仔细在那街头走一回，就会知道如果西施长那样子，吴越争战的历史就一定要改写了。回头想想，大家那样兴高采烈地叫着西施，实在有助于人情世界的亲和力，也使枯燥的生活带来了欢喜。

那条街上最够资格叫“西施”的，是我们叫“槟榔西施”的小姑娘。她不是特别的美，却非常白净清纯；她也不是特别出色，对人却非常亲切；我们时常坐在河沟的这边，望着对岸街角的槟榔西施出神了。那种美是仿佛没有一切尘世的染着才有的，是乡村草野里一朵清晨的姜花，散放着清凉的早春独有的香气。

那时的槟榔西施是高中二年级的少女。

后来，我因教育召集而回到了往年的营地。十几年过去了，最幸运的是还能遇到“槟榔西施”。她已经是两个孩子的肥胖母亲，听说有一段时间她嫁都市，因被遗弃而回到了故居。不再有人叫她“槟榔西施”，而变成“槟榔嫂仔”了。

当我说：“你不是槟榔西施吗？”

她点头也不是，摇头也不是，脸上有惆怅而复杂的表情。那表情写的不是别的，正是岁月的沧桑。

原本不是太美的这位西施，因于沧桑的侵蚀，也失去了她原有的白净清纯的质地，好像被用来盛淹渍食物的瓷器，失去了它白玉一样的光泽。

走过去的时候，我想着：人如果不能保持青春之美，也应该坚持自己的纯净。

重瓣水仙

我常去买花的花贩，一直希望我买一盆重瓣的水仙，说是最新的品种。

花贩是一位美丽秀雅的小姐。她站在花坊里就像是她在卖的花里面的一朵。这是我的哲学之一：如果一位花贩把自己照顾成一朵花那么细致与美，那么她卖的花一定不会太坏。

我喜欢向如花的姑娘买花。

我喜欢向有书卷气的老板买书。

我最喜欢菜市场卖菜的一位阿婆，因为她梳理得最整洁，笑起来温馨自然，就像她架子上的青菜。

可惜，这样的惊见是不多的，所以我珍惜这样的缘。

卖花的人请我买紫莲花，我就买了。

请我买小红菊，我就买了。

请我买野百合，我也买了。

买点满天星、夜来香、野姜花、玫瑰吧？

好，都给我拿一些。

我当然也买了重瓣水仙，虽然我心里更爱的是单瓣的普通品种。

有时候，我们买东西也只是买一点情意，买一点人间的温暖。

我搬家的时候，卖菜的阿婆听到，眼睛就红了；洗衣店的老板娘，流泪流到桌子上；巷口小书店的老板，紧握我的手不放。

卖花的小姑娘，送我一大束玫瑰花。

有一次假期回到旧住的地方，转去花店，竟像去找老朋友一样。

卖花的人问：“那盆重瓣水仙养得怎样了？”

这一问，才完全想起曾经买过一盆重瓣水仙。有一些人间的缘分就是在水仙、青菜、洗衣店这些小地方流动的。

有月亮的早上

如果起得早，就会见到月亮还在，天已经大亮了。

这时的月亮长得真怪，是白色的，浮贴在蓝天之上，有点苍白，或营养不良。早上的月亮是一点也不美的，像是孩子咬了一口丢弃的半片饼干。

恰好昨夜我们正赏过月，再来看早上的月亮，特别能感受到时空的哀伤。月亮失去它的光，失去它的美，失去它的一切。

人不也是这样吗？许多昨夜的明星在今朝隐没，而即使是夜间唯一的明月，也有失去光照的早晨。没有人是永远的月亮，没有人是不灭的白光，没有人是不衰老的云雀。

但不要因为失去，我们就轻视了映日的光芒。我们要珍惜往日的光辉，因为知道今夜的光芒可能重照。

所以有的外国人说："你们中国人不要自豪，五千年已经过去了。"

"有过去总比没有过去好些。"我说。

有人说："你的爱情已经过去，趁早忘了吧！"

"何必忘呢？你的故事永远是你的故事。"我说。

有人说："花谢了，又如何？"

"落红不是无情物，化做春泥更护花。"我说。

——这人间的一切正是如此，我们看见早上苍白之月与晚上光耀之月是同一月。我们看见痛苦沉溺之自我与光明超拔之自我，不也是同一个自我吗？

爱月的人爱晚上的月，自爱的人何不爱惜更超拔的自我呢？

不封冻的井

和一位朋友到一家店里叫了饮料，朋友喝了一口忍不住吃惊地赞叹起来："这是什么东西，这么好喝？"

"这是木瓜牛奶呀！"我比他更吃惊。

"木瓜牛奶是什么做的？"

"木瓜牛奶就是木瓜加牛奶，用果汁机打在一起做成的。"然后我试探地问："难道你没有喝过木瓜牛奶吗？"

"是呀！这是我第一次喝到木瓜牛奶。"朋友理直气壮地说。

真是不可思议的事！对我来说，一个人在台湾生活了三十年而没有喝过木瓜牛奶，就仿佛不是台湾人一样。对我的朋友却是自然的，因为他是世家子弟，家教非常严格，从小的自由非常有限，甚至不准在外面用餐的。当然，他们家三餐都有佣人打理，出门有司机，叠被铺床都没有自己动过手，更别说洗衣拿扫把了。

到三十岁才有一点点自由，这自由也只是喝一杯路边的木瓜牛奶汁而已。

对生长在南台湾贫困乡村的我，朋友像是来自外太空的人。我们过去的生活几乎没有重叠的部分。在乡下，我们生活的每一分钱都是流汗流血奋斗的结果。小孩还没有到上学的年龄就要下田帮忙农事。大到推动一辆三轮板车，小至缝一枚掉了的扣子，都是六七岁时就要亲手去做。而小街边的食物便是我们快乐的泉源，像木瓜牛奶这么高级的东西不用说，能喝到杨桃水、绿豆汤已经谢天谢地。纵使是一支红糖冰棒，或一盘浇了香蕉油的刨冰，就能使我们快乐不止了。

有时候我们不免也会羡慕有钱人家的孩子，但当我们知道有钱人的孩子不能全身脱光到溪边游泳，或者下完课不能在田野的烂泥里玩杀刀的时候，我们都很同情有钱人的孩子。

在我们那个年代的农村里，孩子几乎没有任何物质的欲望，因为知道即使有物质欲望也不能获得，最后就完全舍弃了。无欲则刚，到后来我们即使赤着脚、穿破衣去上学，也充满了自信和快乐。

这其实没有什么秘诀，只是深信物质之外，还有一些能使我们快乐的事物不是来自物质。而且对这个世界保持微微喜悦的心情，知道在匮乏的生活里也能有丰满的快乐。便宜的食物也有好吃的味道，小环境里也有远大的梦想——这些卑中之尊、贱中之美、小中之大，乃至于丑中之美、坏中之好，都是因微细喜悦的心情才能体会。

在夏天里，我深信坐在冷气房里喝冰镇莲子汤的美味，远远比不上在田中流汗工作，然后在小路上灌一大碗好心人的“奉茶”。奉茶不是舌头到喉管的美味，而是心情互相体贴而感到的欢喜。

在禅宗的《碧岩录》里有一个故事，德云禅师和一位痴圣人一起去担挑积雪，希望能把井口埋起来，引起了别人的讪笑。

当然，雪无法把井口埋住是大家都知道的。德云禅师为什么要担雪埋井呢？他是启示了一个伟大的反面教化。这个教化是：只要你心底有一口泉涌的井，还怕会被寒冷的雪封埋吗？

不要羡慕别人门头没有雪。自己挖一口泉涌的井才是要紧的事。

“不封冻的井”是一个多么深邃的启示！它是突破冷漠世界的挚情，是改变丑陋环境成为优美境地的心思，是短暂生命里不断有活力萌芽的救济。

心井永不封冻，就能使我们卓然不群，不随流俗与物欲转动了。

在路边自由地喝杯木瓜牛奶，滋味不见得会比人参汤逊色呀！

清净之莲

偶尔在人行道上散步，忽然看到从街道延伸出去，在极远极远的地方，一轮夕阳正挂在街的尽头。这时我会想：如此美丽的夕阳实在是预示了一天即将落幕。

偶尔在某一条路上，见到木棉花叶落尽的枯枝，深褐色地孤独地站在街边，有一种萧索的姿势。这时我会想：木棉又落了，人生看美丽木棉花的开放能有几回呢？

偶尔在路旁的咖啡座，看绿灯亮起，一位衣着素朴的老妇，牵着衣饰绚如春花的小孙女，匆匆地横过马路。这时我会想：那年老的老妇曾经是花一般美丽的少女，而那少女则有一天会成为牵着孙女的老妇。

偶尔在路上的行人陆桥站住，俯视着在陆桥下川流不息、往四面八方奔窜的车流，却感觉那样的奔驰仿佛是一个静止的画面。这时我会想：到底哪里是起点？而何处又是终站呢？

偶尔回到家里，打开水龙头要洗手，看到喷涌而出的清水，急促地流淌，突然使我站在那里，有了深深的颤动。这时我想着：水龙头流出来的好像不是水，而是时间、心情，或者是一种思绪。

偶尔在乡间小道上，发现了一株被人遗忘的蝴蝶花，形状像极了凤凰花，却比凤凰花更典雅。我倾身闻着花香的时候，一朵蝴蝶花突然飘落下来，让我大吃一惊。这时我会想：这花是蝴蝶的幻影，或者蝴蝶是花的前身呢？

偶尔在静寂的夜里，听到邻人饲养的猫正在屋顶上为情欲追逐，互相惨烈地嘶叫，让人的汗毛全部为之竖立。这时我会想：动物的情欲是如此的粗糙，但如果我们站在比较细腻的高点来回观人类，人不也是那样粗糙的动物吗？

偶尔在山中的小池塘里，见到一朵红色的睡莲，从泥沼的浅地中昂然抽出，开出了一句美丽的音符，仿佛无视于外围的染着。这时我会想：呀！呀！究竟要怎么样的历练，我们才能像这一朵清净之莲呢？

偶尔……

偶尔我们也是和别人相同地生活着，可是我们让自己的心平静如无波之湖，我们就能以明朗清澈的心情来照见这个无边的复杂的世界，在一切的优美、败坏、清明、污浊之中都找到智慧。我们如果是有智慧的人，一切烦恼都会带来觉悟，而一切小事都能使我们感知它的意义与价值。

在人间寻求智慧也不是那样难的，最要紧的是，使我们自己有柔软的心。柔软到我们看到一朵花中的一片花瓣落下，都使我们动容颤抖，知悉它的意义。

唯其柔软，我们才能敏感；唯其柔软，我们才能包容；唯其柔软，我们才能精致；也唯其柔软，我们才能超拔自我，在受伤的时候甚至能包容我们的伤口。

柔软心是大悲心的芽苗，柔软心也是菩提心的种子，柔软心是我们在俗世中生活，还能时时感知自我清明的泉源。

那最美的花瓣是柔软的，那最绿的草原是柔软的，那最广大的海是柔软的，那无边的天空是柔软的，那在天空自在飞翔的云，最是柔软！

我们心的柔软，可以比花瓣更美，比草原更绿，比海洋更广，比天空更无边，比云还要自在。柔软是最有力量，也是最恒常的。

且让我们在尘世间，开出柔软清净的智慧之莲吧！

梅　香

一个有钱的富人，正在家院的花园里赏梅花。

那是冬日寒冷的清晨，艳红的梅花正以最美丽的姿容吐露。富人颇为自己的花园里能开出这样美丽的梅花，感到无比的快慰。

突然，门外传来敲门的声音。富人去开了门，发现一个衣衫褴褛的乞丐，在寒风里冻得直打抖。那乞丐已在这开满梅花的园外冻了一夜。他说："先生，行行好，可不可以给我一点东西吃？"

富人请乞丐在园门口稍稍等候，转身进入厨房，端来一碗热腾腾的饭菜。他布施给乞丐的时候，乞丐忽然说："先生，您家里的梅花，真是非常芳香呀！"说完了，转身走了出去。

富人呆立在那里，感到非常震惊。他震惊的是，穷人也会赏梅花吗？这是自己从来不知道的。另一个震惊的是，花园里种了几十年的梅花，为什么自己从来没有闻过梅花的芳香呢？

于是，他小心翼翼地，以一种庄严的心情，深怕惊动梅香似地悄悄走近梅花。他终于闻到了梅花那含蓄的、清澈的、澄明无比的芬芳，然后他濡湿了眼睛，流下了感动的泪水——为了自己第一次闻到了梅花的芳香。

是的，乞丐也能赏梅花。乞丐也能闻到梅花的香气。有的乞丐甚至在极饥饿的情况下，还能闻到梅花清明的气息。

可见得，好的物质条件不一定能使人成为有品味的人，而坏的物质条件也不会遮蔽人精神的清明。一个人没有钱是值得同情的。一个人一生都不知道梅花的香气一样值得悲悯。

一个人的品质其实是与梅香相似，是无形的，是一种气息。我们如果光是赏花的外形，就很难知道梅花有极淡的清香；我们如果不能细心地体贴，也难以品味到一个人隐在外表内部人格的香气。

最可叹惜的是，很少有人能回观自我，品赏自己心灵的梅香，大部分人空过了一生，也没有体会到隐藏在心灵内部极幽微，但极清澈的自性的芳香。

能闻梅香的乞丐也是富有的人。

现在，让我们一起以一种庄严的心情，走到心灵的花园，放下一切的缠缚，狂心都歇，观闻从我们自性中流露的梅香吧！

在微细的爱里

苏东坡有一首五言诗，我非常喜欢：

钩帘归乳燕，穴牖出痴蝇。
爱鼠常留饭，怜蛾不点灯。

对才华盖世的苏东坡来说，这算是他最简单的诗，一点也不稀奇。但是读到这首诗时，却使我的心深深颤动，因为隐在这简单诗句背后的是一颗伟大细致的心灵。

钩着不敢放下的窗帘，是为了让乳燕能归来。看到冲撞窗户的愚痴的苍蝇，赶紧打开窗门让它出去吧！

担心家里的老鼠没有东西吃，时常为它们留一点饭菜。夜里不点灯，是爱惜飞蛾的生命呀！

诗人那个时代的生活我们已经不再有了。因为我们家里不再有乳燕、痴蝇、老鼠和飞蛾了，但是诗人的情境我们却能体会。他用一种非常微细的爱来观照万物。在他的眼里，看见了乳燕回巢的欢喜，看见了痴蝇被困的着急，看见了老鼠觅食的心情，也看见了飞蛾无知扑火的痛苦。这是多么动人的心境呢？我们有很多人，对施恩给我们的还不知感念，对于苦痛生活在我们身边的人吝于给予，甚至对于人间的欢喜悲辛一无所知，当然也不能体会其他众生的心情。比起这首诗，我们是多么粗鄙呀！

不能进入微细的爱里的人，不只是粗鄙，他也一定不能品味比较高层次的心灵之爱。他只能过着平凡单调的日子，而无法在生命中找到一些非凡之美。

我们如果光是对人有情爱、有关怀，不知道日落月升也有呼吸，不知道虫蚁鸟兽也有欢歌与哀伤，不知道云里风里也有远方的消息，不知道路边走过的每一只狗都有乞求或怒怨的眼神，甚至不知道无声里也有千言万语……那么我们就不能成为一个圆满的人。

我想起一首杜牧的诗，可以和苏轼这首诗相配。他这样写着：

已落双雕血尚新，鸣鞭走马又翻身。
凭君莫射南来雁，恐有家书寄远人。

云　散

我喜欢胡适的一首白话诗《八月四夜》：

我指望一夜的大雨，
把天上的星和月都遮了；
我指望今夜喝得烂醉，
把记忆和相思都灭了。

人都静了，
夜已深了，
云也散干净了，
仍旧是凄清的明月照我归去，
我的酒又早已全醒了。
酒已都醒，
如何消夜永？

这首《八月四夜》，是根据周邦彦的一阕词《关河令》改写成的，《关河令》的原文是：

秋阴时晴渐向暝，

变一庭凄冷。
伫听寒声，
云深无雁影。
更深，人去，寂静。
但照壁孤灯相映。
酒已都醒，
如何消夜永？

胡适的诗一点也不比周邦彦的原词逊色。我从前喜欢这首诗，是欢喜诗中的孤单和寂寞的味道，尤其是在烂醉之后醒来，不知道如何度过凄清的好像永无尽头的寒夜时。我在少年时代，有很多次的心境都接近了这首诗的情景。

这使我想起，孤单和寂寞虽也有它极美的一面，但究竟不是幸福的。只是有时我们细细想来，幸福里如果没有孤单和寂寞的时刻，幸福依然是不圆满的。

最好的是，在孤单与寂寞的时候，自己也能品味出那清醒明净的滋味，有时能有一些些记忆和相思牵系，才是最幸福的事。

清晨滚着金边的红云，是美的。

午后飘过慵懒的白云，是美的。

黄昏燃烧炽烈的晚霞，是美的。

有时散得干净的天空，也是美的。

那密密层层包裹着青天的乌云，使我们带着冷冽的醒觉，何尝不美呢？

当一个人，走过了辉煌的少年时代，有许多人就开始在孤单与寂寞的煎熬中过日子；当一个人，失去了情爱与生命的理想，可能就会在无奈的孤独中忍受一生；当一个人，不能体会到独处的丰富与幸福时，他的生命之火就开始黯然褪色……

凄清的明月是不是美丽的明月那同一个明月呢？当我们从生命的烂醉醒来的时候，保持明净的心灵世界，让我们也欢喜独处时的寂寞吧！因为要做一个自足的人，就是每一时每一刻都能看清云彩从心窗飘过的姿势。在云也散干净的时候，还能在永夜中保持愉悦清明，那么，即使记忆与相思不灭，我们也能自在坦然地走下去。

南　国

我喜欢王维一首简短的诗：

红豆生南国，
春来发几枝。
劝君多采撷，
此物最相思。

尤其喜欢这首诗里的“南国”与“相思”，南国是在什么地方呢？南国又象征了什么呢？对于写这首诗的王维，他当时是在北地还是南国？他有没有特别思念着的人呢？

相对于“南国”的是“北地”，而相对于“春来”的是“秋去”。它的意象就这样丰富了起来：在南国的人采了红豆，想到好不容易到了春天，又想到秋天的时候到北地去的人，他是不是有着相思呢？

相思？

是的，“相思”是多么高洁的意象呀！我一直认为相思是爱情中最动人的素质。相思令人甜美、引人伤怀、使人辗转、让人悲绝。古来中国的爱情中最常见的病就是“相思病”，有因相思而憔悴的，也有因相思而离开世间的。

相思就是“互相的思念”。看红豆时可以想到故人旧情，只是一种象征。事实上相思是一种心行。从心而有，心里想念着故人，就是寒夜中闪动的萤火，都像是情人寄来的灯盏呀？

在佛经里说“人唯情有”，是说投生到这世界的人，就是为了情而投生的。他们存情、执情、迷情，甚至唯情，使人因此生生世世在情里流转。这种“情有”就是“隔世的相思”。可见相思不仅能穿破空间无限的藩篱，甚至能打破时间生世的阻隔。

我们因为舍不得离开在世间曾有的情爱，再轮回时又回来和亲人情侣相会，这时就有了因缘。我们的相思使我们的因缘聚合，但在因缘尽了的时候又使我们因离别而相思。

从生死因缘的观点来看，我们若是从南国离开这个世间，那么我们为了和从前的因缘相会，就会因情爱再投生到南国去。佛经里说我们这个世界是“婆娑世界”，又说是“南阎浮提”，南阎浮提不正是我们堕入相思迷网的南国吗？

有许多许多人，他们在面对情爱的时候，最常挂在口中的是“随缘”，也就是随着因缘流转。缘生固然是好，缘灭也不悲忧。可是随缘总有无助的味道，完全随缘，就是完全的流转，将会留下不少的憾恨。

我想，更好的态度是“惜缘”。珍惜今生的每一次会面，珍惜今生的每一次爱情，甚至珍惜每一次因缘的散灭，才使我们能相思、懂得相思，并且在相思时知道因缘的真谛，而不存有丝毫的遗憾与怨恨。

现代人最可怕的是失去了对“相思”的认识。大部分人都不能真正惜缘，使得情人间的爱都成为“露水因缘”。露水是不能隔日的，还能有什么相思呢？

让我们心情幽静地来读一次王维的诗：“红豆生南国，春来发几枝。劝君多采撷，此物最相思。”我们是不是相思起南国或者北地的人呢？当我们能相思的时候，我们的心就像一面澄澈的湖水，可以照见情爱中高洁的境界。

我们的相思，可以使我们的意念如顺风的船，顺利地驶向目的地；但这种意念顺利地开拔，是不是让我们从相思里产生一些自觉呢？自觉到我们的生命所要驶去的方向。这样相思才不会因烧灼使我们堕落，且因距离而使我们清明。

一片茶叶

抓一把茶叶丢在壶里，从壶口流出了金黄色的液体。喝茶的时候我突然想到：这杯茶的每一滴水，是刚刚那一把茶叶中的每一片所释放出来的。我们喝茶的人，从来不会去分辨每一片茶叶，因此常常忘记一壶茶是由一片一片的茶叶所组成。

在一壶茶里，每一片茶叶都不重要。因为少了一片，仍然是一壶茶。但是，每一片茶叶也都非常重要，因为每一滴水的芬芳，都有每一片茶叶的生命本质。

布施不是如此吗？

布施，犹如加一片茶叶到一大壶茶里，少了我的这一片，看似不影响茶的味道；其实不然，丢进我的这一片，整壶茶都有了我的芳香。虽然我能布施的很小，也会充满每一滴水。

布施，我们应以茶叶为师。最上好的茶叶，五六斤茶菁才能制成一斤茶，而每一片茶都是泡在壶里才能还原，才能温润，才有作为茶叶的生命意义；我们也是一样，要经过许多岁月的涮洗才锻炼我们的芬芳，而且只有在奉献时，我们才有了人的温润，有生命的意义。

一片茶叶丢到壶里就被遗忘了。喝的人在欢喜一壶茶时并不会赞叹单独的一片茶叶。一片茶叶是不求世间名誉的。这就是以清净心布施，不求功德，不求福报，只是尽心尽意贡献自己的芳香。

一壶好茶，是每一片茶叶共同创造的净土。

正如《维摩经》说："布施，是菩萨净土。"

欲行布施，先学习在社会这壶茶里，做一片茶叶！

说珍惜世界，先珍惜每一片茶叶吧！

这样想时，喝茶的时候就特别能品味其中的清香。

感同身受

芦苇知道在秋天开出白茫茫的花是感同身受，

枫树知道在秋天展放红艳艳的叶是感同身受。

风，使我们凉，是感同身受，

雨，使我们湿，是感同身受，

阳光，使我们温暖，是感同身受，

涛声，使我们震动，是感同身受。

我们最亲的人病了，我们知道什么是感同身受；我们走过医院病房，听见陌生人的哀号，何尝不感同身受呢？

我们从无助的境况艰困地挣扎出来，当我们再看到无助者陷落，是不是感同身受呢？

我们在路旁看见被疾驰的车撞倒、奄奄喘息血流遍地的一只猫，令我们酸楚落泪，是不是感同身受呢？

感同身受再大一些，是无缘大慈；感同身受再深刻一些，是同体大悲；能感同身受又能拔苦与乐，就是菩萨了。

让我们闭起眼睛，观想世界众生在我的心地，然后张开眼睛，以虔敬的心来读一段《华严经》：

> 皆悉与我同行、同愿、同善根、同出离道、同清净解、同清净念、同清净趣、同无量觉、同得诸根、

同广大心、同所行境、同理同义、同明了法、同净色相、同无量力、同最精进、同正法音、同随类音、同清净第一音、同赞无量清净功德、同清净业、同清净报。同大慈周普救护一切、同大悲周普成熟众生、同清净身业随缘集起，令见者欣悦。同清净口业随世语宣布法化、同往诣一切诸佛众会道场、同往诣一切佛刹供养诸佛、同能现见一切法门、同住菩萨清净行地。

亲爱的陌生的人，秋天的时候，我们站在芦苇丛中是不是和芦苇一样感到秋风的凄凉？我们站在枫红层层里，是否也看见了我们被寒风冻红的双颊呢？

那么，我们又何能冷漠地、孤傲地生活在人群里呢？

十五楼观点

我的工作室在十五楼。打开窗户，左边是观音山，正中是阳明山，可以看到半个台北盆地，还有无限的晴空。

来到工作室的朋友，常有两种极端的反应：一种是说：在这么高的房子，视野开阔、空气清新，并能日日感知青天的白云与黑夜的星月。

另一种是说：唉呀！你怎么住这么高的地方，地震怎么办？台风怎么办？火灾怎么办？他一点也不能享受高楼的好处，就带着惊怕的心情离开了。

我在这里逐渐归纳出来，前者都是生性乐观开朗，他们不论何时何地总看到事物美好的一面。后者则是生性悲观忧郁，他们不管在何时何地都会自然地生起烦恼。由于烦恼使他们常常过着惊怕的日子。

其实，十五楼和十楼、五楼有什么不同呢？完全是个人的心之所受罢了。一切生活的对待都是因观点不同而产生了悲喜，就像十五楼的观点一样。

有一个朋友说：你住这么高，比较接近西方极乐世界呀！

我听了笑起来，说："为什么极乐世界一定是在高的地方呢？"

只要观点恒常光明，极乐世界就在眼前，一时佛在。

罗汉汤

每家素菜馆都有罗汉汤，但每家都大有不同。

所谓罗汉汤，就是杂菜汤，有什么放什么煮出来的汤。

寺庙里也有罗汉汤，是师父吃完了饭菜，用水在碗盘中涮一涮喝下去，就是罗汉汤，也就是残汤。

罗汉喝的汤有一些特质：一是节俭惜福，二是不拣择，三是能容。这些特质，能使人超越爱憎之念，能任运无碍地过活。

我们喝罗汉汤，应有罗汉的心胸。

生一盆火

在最黯暗无光的所在，最能看见自己清亮无尘的心灵。
在越安静无声的地方，越感觉到自己的念头非常争吵。
在至顶的山巅，使我们有谦卑之念。
在沉落的深谷，我们看见了云天无限。
再给我加把盐吧！平淡生活时我这样说。
再为自己生盆火吧！在心灵冰雪之严冬，我告诉自己。

自在人

终日吃饭，未曾咬着一粒米。

终日行，未曾踏着一片地。

与么时，无人我等相。

终日不离一切事，不被诸境惑，方名自在人。

这是黄檗禅师的话，“自在人”不是不吃饭不走路的，也不是终日无事的，又要吃饭睡觉，又要做一切事，又要自在，这才最难。

色身虽在尘旁，内心恒常清净，是自在人。

自在人在生活中，是百花丛里过，片叶不沾身。

知　识

知识就像手电筒，它只是人走黑路时用来照亮脚前的工具。它方便实用，却没有远识和洞见心灵的特质。

许多在黑暗中得到手电筒的人，往往高估它的价值。他们挥着它乱照乱舞，忘记照自己的脚下，结果常常导致坠崖的悲剧。

有知识是不够的，看看现代许多受苦的知识分子就知道了。解除知识的束缚，比学习知识要难得多。

一条路

我隔了一年到一个山地部落去，发现整个部落包括生活、思想、景观完全改变了，使我大吃一惊。

原因是通往部落的小山路改成柏油路，汽车可以到达。汽车一来，什么都变了。

路一改，整个社会都改。

路一变，人心也整个变了。

一个世界的改变有时是因铺了一条新路，因此世界是可破可立的。

一个人的命何尝不是如此？立志改走一条路，命也就整个改了。

草先萌

垦地播种的人都有一个经验，花未发而草先萌，禾未绿而草已青。

那草是不是从空中来的呢?

不是凭空有草，而是草的种子先在土地里，垦地时它就长了，播种时它已冒出头来。

同样的，一个人垦植心田，常是草先萌长。那是人的心田早有障蔽，这时要努力除草，勿令恶念蔓延，花才有开的机会。

大地的掌声

登狮头山时，突然下起大雨。

雨中的阶梯无处躲藏，只好任雨淋湿。

这时清楚地听见雨声了，仿佛是拼命在鼓掌。

我们总是在舞台下鼓掌，却总忘记为自己鼓掌。

在没有舞台的地方，大地也自己鼓掌。

我们应学习，爬险阶时，常为自己鼓掌。

在暗处，给自己一些掌声；在明处，也为自己鼓掌。

病苦魔

读《祖源禅师十魔乱正》，指出了修禅会遇到的十种魔事。第八种魔事称之为“病苦魔”，是说修行者应该使身体健康，否则身心不安，学道有碍。

他开出了如何保养身体的方法，对现代一般人也非常有用，摘记于下：

调理脾胃节择饮食，少食厚味且忌生冷。

饥莫读诵，饱莫负重。

食后勿睡，穴忌饱餐。

好吃腐烂、爱食煎炒、偏贪五味。

强用非物湿地坐禅。

风处打睡，汗出入水。

受暑贪凉，当风沐浴，露卧星下。

大饥、大饱、大喜、大怒。

大寒、大暑、大雨、大露。

内伤外感，一切失调。

祖源禅师特别指出，身体多病固然是“业衍”，但自己失调也会变生百病，那就与业没什么关系了。

我觉得现代人大部分的病来自饮食，而其中最值得注意的是“厚味”、“生冷”——尤其是现代孩子的病，多是来自吃冰冻食物，值得注意。

俗情一了

在寺庙门口看见这样的一副对联：

世态若空即清净
俗情一了便成灰

吃了一惊，真的，我们在俗世中的情感一了结，不都化成灰烬吗？可悲者，是没有俗情不了的，因为人生是如此短促。

人生苦短，是人生最大的悲剧。面对这个悲剧，唯有觉悟，才能快乐地过活。

在人生的痛苦中还能觉悟、能快乐，并能使别人也觉悟、快乐的人，是最勇敢的人。唯有这样的人，才能在成灰的俗情中看见清净的空性；也唯有这样的人，才能在寒冷的情之灰烬中，保有温热无畏的性情。

忧伤之雨

下雨的时候走在街上，有时会不自觉地落下泪来，心里感到忧伤。

有阳光的时候走在街上，差不多都能保持愉快的心，温暖地看待世界。

从前不知道原因何在，后来才知道，水性不二，我们心中的忧伤不就是天上的雨吗？明性也不二，我们心中的温暖就会与阳光的光明相映。

下雨天特别能唤起我们的悲心，甚至会感觉到满天的雨也比不上这忍苦世间所流的泪。

由于世间是这样苦，雨才下个不停。我相信，在诸佛菩萨的净土一定是不下雨的，在那里，满空的光明里，永远有花香随着花瓣飘飘落下。

在苦痛的时候，我们真的可以感受到每一滴雨水，都是前世忧伤的泪所凝结。

雨，是忧伤世间的象征，使我看见了每一位雨中的行人，心里都有着不为人见的隐秘的辛酸。

但想到我们今生落下的每一滴泪，在某一个时空会化成一粒雨珠落下，就感到抬头看见的每一颗雨珠都是我们心田的呈现。

下雨天的时候，我常这样祈愿：

但愿世间的泪，不会下得像天上的雨那样滂沱。

但愿天上的雨，不会落得如人间的泪如此污浊。

但愿人人都能有阳光的伞来抵挡生命的风雨。

但愿人人都能因雨水的清洗而成为明净的人。

这样许愿时，感觉雨和泪都清明了起来。

这样许愿时，使我知道，婆娑世界的雨也是菩萨悲心的感召。

燃香点戒

与一位师父谈起他头上的戒疤。他说戒疤有三种意义：一是燃身供佛；二是破除对外相的执着；三是难行能行、难忍能忍，若能忍得住烧戒疤之苦，就是行菩萨道的初步了。

燃烧戒疤时要念一首偈：

假使热铁轮，
于汝顶上旋。
终不以此苦，
退失所发愿。

这偈真美，我们虽不是出家人，但每天燃香的时候，看到香火微光，若摇动香烛则香头顿时成为火轮，香气一时四散。在香的微光中我时常想起这首偈，但愿自己也能有那样不退的志愿。

无所不在

美丽，无所不在。

丑陋，也无所不在。

爱，无所不在。

恨，也无所不在。

因为，心念无所不在。

一个人心地光明，他的世界就有阳光照耀；一个人心地幽暗，他就会在阴暗的世界中萎缩。

真心的对待

每个人一生总有几次真心的对待，最开始的几次差不多都会失败。

失败的时候，有的人充满了怨恨，有的人则生出更广大的爱。

有怨恨隐藏，就不再有真心的对待了；而有了更广大的爱，就进入慈悲的真实。

当我们对一切的众生、一切的事物都能无别地真心对待，就是菩萨了。

最可怕的鬼故事

读书的时候，住在宿舍，最喜欢大家聚在一起讲鬼故事。

有一次，把灯熄了，点蜡烛，规定每个人讲一则听过的最恐怖的鬼故事。

那时是盛暑，讲到最后，讲的人汗毛竖起，听的人冷汗直冒。

最后轮到姓廖的同学，他脸色铁青，颤抖地说："刚刚你们说故事的时候，我看见你们说的鬼就站在你们后面！"他一说完，大家惨叫一声，全逃出门去。从那时起，我就不再讲或听鬼故事了。

我们的耳朵应该用来听好的声音，嘴巴应该用来说温暖的故事，眼睛应该用来看光明的事物，鼻子应该用来闻清雅的气味。这样，我们的身体才能维持清净，我们的心才能与美好的世界感应。

让好花开放吧！

让小鸟歌唱吧！

让美丽的雪花落下吧！

让灿烂的阳光照射吧！

让我们的身口意都回到最素朴之处，听闻来自心海的歌声！

真实之口

意大利罗马有一个有名的人面雕刻，名叫“真实之口”，是老人张开大口的雕像。

传说情侣同时把手伸进“真实之口”，若有一方不是真情，手就会被咬伤。每一对情侣到了“真实之口”都会把手伸进去拍照留念，但是千百年来并没有人被咬伤。

这是不是表示所有的情侣都是真情呢？

当然不是！

它意味着：真实的情感只是人性普遍的向往。而且，情感的真实是无法考验的。

两只眼睛

情感是我们心的眼睛。

智慧是其中一只，慈悲是另一只。

当我们过度钟情的时候，一只眼瞎了，因为钟情使我们痴。

当我们生起怀恨的时候，另一只眼瞎了，因为怀恨使我们瞋。

一个爱恨强烈的人，两眼就会处在半盲状态。

在我们从爱欲中得到菩提，有更广大的爱时，在我们连那些可恨的人都能生起无私的悲悯时，我们心的眼睛就会清明，有如晨曦中薄雾退去的湖水。

针叶树

我们回想起生命的某段时间，有时感觉那段时间什么也没留下，只留下一本书或一场梦。

我们回想起情感的某个场景，有时忘记了情侣的表情和眼神，仅剩下一瓣花瓣或一个云彩飘过的蓝天。

我们回想起心灵的某次受伤，有时已遗失了受伤那么严重的理由，只留下奔流的河水或水上的一片枯叶。

今天走过一片针叶树林，突然让我想起有一年的冬天，有针叶树的行道路上，一个少女背着我走向远处，我一直站着看她消失在我的视线外。

我抬起头来，看到天空刺眼的明亮，才知道自己的眼睛湿了，感觉到那两排针叶树的每一支针都用力扎进我的心，痛彻肺腑。但也在那时我许下愿望，要让自己的心灵像针叶树的针，每一支都向光明与高处生长。

现在我已完全想不起那位少女的五官，却清楚记得针叶树向上生长的样子。

鸟与音乐

看见鸟飞的时候，我的耳朵总是自然响起音乐。

稻田里白鹭鸶飞翔的姿势，使我听见了小提琴的声音，从容、优美，而有自尊。

雨后剪着尾羽的燕子，时张时弛，使我听见了钢琴的声音，欢愉、跳跃，而昂扬。

山谷里盘飞展翼的鹰，使我想起了大提琴的声音，喑哑低沉，带着一些孤寂与淡淡的忧郁。

追着渔船波浪的海鸥，使我想起了竖琴的声音，繁复但理性，有着生活的雅韵。

屋边成群的麻雀，它们热烈地交谈，使我听见了庙会里的北管，急管繁弦，仿佛进香的人潮。

黄昏出来觅食的蝙蝠，使我听见了洞箫的声音，乌乌的，带着沉重没有目标漂流的感觉。

在高楼大厦上面绕圈子的鸽子，使我听见了胡琴，缠绵、反复，带着无奈。

有一次在恳丁公园看成群的候鸟，此起彼落，竟听见了琵琶声，声声都有关外的风。

而常常在听音乐的时候，闭上眼睛就看见鸟飞翔的样子，有时配着海浪，有时配着平原，有时配着森林……

每在这些时候，我总觉得人的五官并没有分别。

写在水上的字

生命的历程就像是写在水上的字，顺流而下，想回头寻找的时候总是失去了痕迹。因为在水上写字，无论多么费力，那水都不能永恒，甚至是不能成形的。

因此，如果我们企图停驻在过去的快乐，那是自寻烦恼，而我们不时从记忆中想起苦难，反而使苦难加倍。生命历程中的快乐或痛苦，欢欣或悲欢都只是写在水上的字，一定会在时光里流走。

就像无常的存在是没有实体的。

实体的感受只是因缘的聚合，如同水与字一般。

身如流水，日夜不停流去，使人在闪灭中老去。

心也如流水，没有片刻静止，使人在散乱中迷茫地活着。

身心俱幻正如流水上写字，第二笔未写，第一笔就流到远方。

爱，也是流水上写的字，当我们说爱时，爱之念已流到远处。美丽的爱是写在水上的诗，平凡的爱是写在水上的公文。爱的誓言是流水上偶尔飘过的枯叶，落下时，总是无声地流走。

身心无不迁灭，爱欲岂有长驻之理？

既然生活在水上，且让我们顺着水的因缘自然地流下去。看见花开，知道是开花的因缘具足了，花朵才得以绽放；看见落叶，知道是落叶的因缘具足了，树叶才会落下来。在一群陌生人之中，我们总会碰到那有缘的人。等到缘尽情了，我们就会如梦一样忘记他的名字与脸孔，他也如同写在水上的一个字，在因缘中散灭了。

我们生活着为什么会感觉到恐惧、惊怖、忧伤与苦恼，那是由于我们只注视写下的字句，却忘记字是写在一条源源不断的水上。水上的草木一一排列，它们互相并不顾望，顺势流去。人的痛苦是前面的浮草总思念着后面的浮木，后面的水泡又想看看前面的浮沤。只要我们认清字是写在水上，就能心无挂碍，无有恐怖，远离颠倒梦想。

不能认清生命的历程是写在水上的字的人，是以迷心来看世界，世界就会变成一张网。挑起一个网目，就罩在千百个网目的痛苦中。

认清了万法如水，万事万物是因缘偶然的聚合，这是以慧心来观世界，世界就与自己的身心同时清净，冲破因缘之网而步上菩提之道。

在汹涌的波涛与急速的漩涡中，顺流而下的人，是不是偶尔会抬起头来，发现自己原是水上的一个字呢？

这种发现，是觉悟的开始，是菩提的芽尖。

拈花四品

不与时花竞

诵帚禅师有一首写菊的诗：

> 篱菊数茎随上下，无心整理任他黄。
> 后先不与时花竞，自吐霜中一段香。

读这首诗使人有自由与谦下之感，仿佛是读到了自己的心曲。不管这个世界如何对待我们，我只要吐出自己胸中的香气，也就够了。

在台湾乡下有时会看到野生的菊花，各种大小各种颜色的菊花，那也不是真正野生的，而是随意被插种在庭园的院子里。它们永远不会被剪枝或瓶插，只是自自然然地长大、开启与凋零，但它们不失去傲霜的本色。在寒冷的冬季，它们总可以冲破封冻，自尊地开出自己的颜色。

有一次在澎湖的无人岛上，看见整个岛已被天人菊所侵占。那遍满的小菊即使在海风中也活得那么盎然，没有一丝怨意的兴高采烈。怪不得历史上那么多诗人画家看到菊花时都要感怀自己的身世，有时候，像野菊那样痛痛快快地活着竟也是一种奢求了。

“天人菊”，多么好的名字，是菊花中最尊贵的名字，但它是没有人要的开在角落的海风中的菊花。

最美的花往往和最美的人一样，很少人能看见，欣赏。

山野的春气

带孩子到土城和三峡中间的山中去，正好是春天。这是人迹稀少的山道，石阶上还留着昨夜留下的露水。在极静的山林中，仿佛能听见远处大汉溪的声音。

这时我们看见在林木底下有一些紫色的花，正张开花瓣在呼吸着晨间流动的空气。那是酢浆草花，是这世界上最平凡的花，但开在山中的风姿自是不同，它比一般所见的要大三倍，而且颜色清丽，没有丝毫尘埃。最奇特的是它的草茎，由于土地肥满，最短的茎约有一尺，最长的抽离地面竟达三尺多。

孩子看到酢浆花神奇的美大为惊叹。我们便离开小路走进山间去，摘取遍生在山野相思树下的草花。轻轻一拈，一株长长的酢浆花就被拉拔起来。

春天的酢浆花开得真是繁盛，我们很快就采满一大束酢浆花。回到家插在花瓶里，好像把一整座山的美丽与春天全带了回来。连孩子都说：“从来没有看过这样美的花。”

来访的朋友也全部被酢浆花所惊艳，因为在我们的经验里几乎不能想象，一大束酢浆花之美可以冠绝一切花。这真是

“乱头粗服，不掩国色”了。

酢浆花使我想起一位朋友的座右铭：在这个时代里，每个人都像百货公司的化妆品，你的定价能多高，你的价值就有多高。

紫蓝色之梦

在家乡附近有一个很优美的湖，湖水晶明清澈，在分散的几处，开着白色的莲花。我小时候常在清晨雾露未褪时跑去湖边看莲花。

有一天，不知从什么地方漂来一株矮小肥胖的植物，根、茎、叶子都是圆敦敦的，过不久再去看的时候，已经是几株结成一丛。家乡的老人说那是“布袋莲”，如果不立即清除，很快湖面就会被占满。

没想到在大家准备清除时，布袋莲竟开出一串串铃铛般的偏蓝带紫的花朵。我们都被那异样的美所震住了。那些布袋花有点像旅行中的异乡人，看不出它们有什么特殊，却带着谜样的异乡的风采。布袋莲以它美丽的花，保住了生命。

来自外地的布袋莲有着强烈繁衍的生命力。它们很快地占据整个湖面，到最后甚至丢石头到湖里都丢不进去。这时，已经没有人有能力清除它了。

当布袋莲全面开花时，仍然有摄人的美，如沉浸在紫蓝色的梦境，但大家都感到厌烦了，甚至期待着台风或大水把它冲走。

布袋莲带给我的启示是：美丽不可以嚣张，过度的美丽使人厌腻，如同百货公司的化妆品专柜一样。

马鞍藤与马蹄兰

马鞍藤是南部海边常见的植物，盛开的时候就像开大型运动会，比赛着似的。它的花介于牵牛花与番薯花之间，但比前两者花形更美、花朵更大、气势也更雄浑。

马鞍藤有着非常强盛的生命力。在海边的沙滩曝晒烈日、迎接海风，甚至灌溉海水都可以存活。有的根茎藏在沙中看起来已枯萎，第二年雨季来时，却又冒出芽来。

这又美又强盛的花，在海边，竟少人会欣赏。

另外，与马鞍藤背道而驰的是马蹄兰。马蹄兰的茎叶都很饱满，能开出纯白的恍若马蹄的花朵。它必须种在气温合适、多雨多水的田里，但又怕大风大雨。大雨一下会淋破它的花瓣，大风一吹又使它的肥茎摧折。

这两种花名有如兄弟的花，却表现了完全相反的特质。当然，因为这种特质也有了不同的命运。马鞍藤被看成是轻贱的花，顺着自然生长或凋落，绝没有人会采摘；马蹄兰则被看成是珍贵的被宝爱着，而它最大的用途是用在丧礼上，被看成是无常的象征。

人生，有时像马鞍藤与马蹄兰一样，会陷入两难之境。不过现代人的选择越来越少，很少人能选择马鞍藤的生活，只好做温室的马蹄兰。

无常两则

我们认识的第一个秋天

我们认识的第一个秋天，确是在这里。我在巷子里走了很久才认出来。

我们曾坐着一起看云的阶梯，现在已经完全崩坏了，只剩下一些石块的残迹。

我们曾站着彻夜谈天的那一棵凤凰木，有半边的枝丫被雷劈断了，另一边零落地开着花。

我们曾无数次在黄昏走过的草地，现在是一排灰色的公寓，上面装满了锈去的铁窗，以及努力从铁窗探头的盆栽植物。

我们曾在湖边谈诗的榕树不见了。湖已完全填平，现在是一个养鸡场。

这些都不是我认出这个地方的理由。我认出这个地方是因为偶然走过，而又有一些当年秋天的心情。还有那一年刚种上去的相思树，现在开满鹅黄色的小花。那相思树虽长大开花，树形一点也没有改变。

站在相思树前，我的心情和那茸茸的黄花一样茫然。我的思绪被这种茫然一把抓住，使我对自己、对青春的岁月感到非常陌生，不敢确定我是不是真的认识过自己或认识过你。那种感觉，仿佛有一条蛇从心头轻轻地滑过去。

我们认识的第一个秋天，竟是在这里吗？

离去的小路

这竟是当年你离去的那一条小路吗？阶梯上的榕树还是原来的样子（似乎已老了一些），路旁的金急雨花仍然盛开（仿佛没有从前那么艳黄），巷仔口的路灯也在原来的位置（如若缺乏昔日的光明），你家的窗口还是有我熟悉的灯光（但是窗帘好像换过了）。

这竟是当年你离去的那一条小路吗？你说过你不是轻易道别的人（你的话总像春天的风吹过），你说过你愿意一生只爱一次（你的誓言有如夏日午后的西北雨），你常常用泪来印证某些情爱的不朽（你的泪轻忽得似秋日流过的浮云），你说天下总会有一种永恒的情意（你这样说时，就像很冷很冷的冬天清晨我们口中所呼出的烟气）。

这竟是当年你离去的那一条小路吗？我试着用年轻时欢跃的碎步来走（但我已胖了），我试着以深深的呼吸来探触（但空气污染了），我试着想象你的唇、你的表情、你的气息、你的五官（但真像电影的柔焦镜头，带着模糊的一种忧郁）。

这竟是我看着你离去的小路吗？我看到红砖已全部换新了。路竟像自己走了起来。我站着，让路带着我，然后我们高高地飞起。

在空中我看见年轻的自己正在路上。身影极小，吹着口哨，哨音里有忧伤凄楚的调子。

季节十二帖

一月——大　寒

冷也冷到顶点了。

高也高到极限了。

日光下的寒林没有一丝杂质。空气里的冰冷仿佛来自故乡遥远的北国，带着一些相思，还有细微几至不可辨认的骆驼的铃声。

再给我一点绿色吧，阳光对山说。

再给我一点温暖吧，山对太阳说。

再给我一朵云，再给我一把相思吧，空气对山岚说。

我们互相依偎取暖，究竟，冷也冷到顶点，高也高到极限了。

二月——立　春

春气始至，下弦月是十一日的七时一分。

“如果月光开始温柔照耀的时候，请告诉我。”地底的青虫对着荷叶上的绿蛙说。

“我忙得很呢！我还要告诉茄子、白芋、西瓜、蕹菜、肉豆、荠菜，它们发芽的时间到了。”蛙说。

“那么谁来告诉我春天到来了呢？”青虫说。

“你可以静听远方的雷声，或是仕女们踏青的步声呀！”蛙说。

青虫遂伏耳静听。先听见的竟是抽芽的青草血液流动的声音。

三月——惊　蛰

“雷鸣动，蛰虫皆震起而出，故名惊蛰。”

我们可以等待春天的第一声雷。到草原去，那以为是地震的蛰虫都沙沙地奔跑，互相走告：雷在春天，不知道为什么这一次打到地底来了。蚱蜢都笑起来，其实年年雷都震动地底，只是蛰虫生命短暂，不知道去年的事吧！

在童年遥远的记忆中，我们喜欢春天到草原去钓蛰虫。一株草伸入洞里，蛰虫就紧紧咬住，有如咬住春天。

童年老树下的回忆，在三月里想起来，特别有春阳一般的温馨。

四月——清　明

“时万物洁显而清明，时当气清景明，故名。”

这一次让我们去看四月里温柔的草原与和煦的白云吧！因

为如果错过了四月的草之绿与云之白，今年就再也没有什么景色可以领略了。

但是，别忘了出发前让心轻轻地沉静下来，用一种清明的心情去观照天空与花树的对话。

我走出去，感觉被和风包围。我对着一朵含苞的小黄花说：“亲爱的，四月的时候不要睡着了。”

五月——小　满

天空突然下起雨来，对于天上的雨我们没有拒绝的权利，我们总是默默地接受了。

站在屋檐下避雨，我想着：为什么初夏的雨总没来由地下着？这时，竟有一些些美丽的心情，好像心里也被雨湿润了。痴痴地想起，某一年，是这样的五月，也是这样突然的初夏之雨，与一个心爱的人奔过落雨的大街。

冲进屋檐下的骑楼，抬头正与一个厢壁的石雕相遇。那石雕今日仍在，一起走过雨路的人，却远了。

五月的雨，总也是突然就停了。

阳光笑着，从天上跌落下来。

六月——芒　种

“时可种有芒之谷，过此即失效，故曰芒种。”

坐火车飞过田野，偶尔会见到农夫正在田中插秧。点点的嫩绿在风中显得特别温柔，甚至让人忘记了那每一株都有一串汗水。

芒种，是多么美的名字！稻子的背负是芒种，麦穗的承担是芒种，高粱的波浪是芒种，天人菊在野风中盛放是芒种……有时候感觉到那一丝丝落下的阳光，也是芒种。

六月的明亮里，我们能感受到四处流动的光芒。

芒种，是深深把光芒植根。在某些特别的时候，我呼唤着你的名字，就仿佛把光芒种植。

七月——小　暑

院里的玫瑰花，从去年落了以后就没有再开。

叶子倒仍然十分青翠，枝干也非常刚强，只是在落雨的黄昏，窗子结满雾气。从雾里看出，就见到了去年那个孤寂的自己。

这一次从海岸回来，意外地看到玫瑰花结成的苞，惊喜地感觉自己又寻回年轻时那温婉的心情。这小小的花，小小的暑气，使我感觉到真实的自我。

泡一杯碧螺春，看玫瑰花在暑气里挣扎开放。突然听见在遥远海边带回来的涛声，一波又一波清洗着我心灵的岬角。

八月——立　秋

“秋训：禾谷熟也。”

梦里醒来的时候，推窗，发现天上还洒着月光。

仿佛才刚刚睡去，怎么忽然就从梦里醒来了呢?

刚刚确实是做了梦的。我努力回想梦境，所有的情节竟然都隐没了，只剩下一个古老的、优雅的、安静的回廊。回廊里有轻浅的步声，好像一声一声地从我的心头踩过。

让我再继续这个梦吧！躺下时我这样许着愿。

我果然又走进那个回廊。步声是我自己的，千回百转才走到出口。原来出口的地方满天红叶，阳光落了一地。

原来是秋天了！我在回廊里轻轻叹口气。

九月——白　露

“阴气渐重，凝而为露，故名白露。”

几棵苍郁的树，被云雾和时间洗过，流露出一种沧桑的神色。我站在这山最高的地方下望，云一波波地从脚下流过，鸟声在背后传来，我好像也懂了站在这里的树的心情——站在最高的地方可以望远，但也要承担高的凄冷，还有那第一波来的白露。

候鸟大概很快就要从这里飞过，到南方的海边去了吧?

这时站在云雾封弥的山上，我闭上眼睛，就像看见南方那明媚的海岸。

十月——霜　降

这一次我离开你，大概就不容易再见到你了。

暮色过后，我会有一个真正的离开。就让天空温柔的晚霞做最后见证，有一天再看见同样美的晚霞，不管在何时何地，我都会想起你来。

霜已经开始降了。风徐徐的，泪轻轻的。为了走出黑暗的悲剧，我只好悄悄离去。

我走的时候，感到夜色好冷。一股凉意自我的心头刺过。

十一月——立　冬

“冬者，终也。立冬之时向，万物终成，故名立冬。”

如果要认识青春，就要先认识青春有终结的时候。

为花的开放而欢喜，为花的凋落而感伤。这样，我们永远不能认识流过的时间，是一种自然的呈现。

在园子里紫丁香花开的时候，让我们喝春天的乌龙吧！

在群花散尽，木棉独自开放的冬日，让我们烘着暖炉，听维瓦尔第，喝咖啡吧！

冬天是多么美！那枝头最后落下的一朵木棉，是绝美！

十二月——冬　至

“吃过这碗汤圆，就长一岁了。”冬至的时候，母亲总是这样说。

母亲亲手做的汤圆格外好吃，尤其是在寒冷的冬夜，又和着成长的传说。

吃完汤圆，我们就全家围在一起喝热茶，看腾腾热气在冷的气候中久久不散。茶是父亲泡的，他每天都喝茶。但那一天，他环顾我们说：“果然又长大一些。”

那是很多年前冬至的记忆。父亲逝世后，在冬至，我常想起他泡的茶，香味至今仍在齿颊。

有情十二帖

前　生

前生，我们也是在这样的溪水畔道别的吧！

要不然，我从山径一路走来，心原是十分平静的，可是我看见这条溪时，心为什么如水波一样涌动起来？周围清冽的空气，使我感到一种不知何处流来的可惊的寒冷。

以溪水为镜，我努力地想知道，这条溪与我有着什么样的因缘？或者是，我如何在溪的此岸，看着你渐去渐远的身影？或者是，同在一岸，你往下游走去，而我却溯源而上？

我什么都照映不出来，因为溪水太激动了。

这已是春天了呀！草正绿着，花正盛开，阳光正暖，溪水为什么竟有清冷而空茫的感觉呢？

想是与久远的前生有着不可知的关系。

在春天的时候，临溪而立，特别能感觉到生命是一道溪流，不知从何流来，不知流向何处。

此刻的我，仿佛是，奔流的河溪中刚刚落下的，一片叶子。

流　转

在十字路口的古董店临窗的角落，我坐在一张太师椅上，立刻就站起来，因为那张椅子上还留着别人坐过的温度。

从小我就不习惯坐别人坐过的热椅子，宁可站着等那椅子冷了，才落坐。尤其古董店的椅子，据说这张椅是清朝传下的，那美丽的雕花让我知道这不是平民的椅子，它的第一个主人曾经是富有的人吧！

现在，那个富有的人，他的财富必然已经散尽了，他的身体一定也在时空中消亡了，留下这一组椅子，没有哭笑，在午后的阳光中静静的，几乎是睡着一般。

我在古董店转了一圈，好像与时空一起流转。唐朝的三彩马，明代的铜香炉，清朝的瓷器，民初的碗盘，有很多还完美如新。有一张八仙彩，新得还像某一个脸容贞静的妇女一针一针绣上去。针痕还在锦上，人却已经远去了，像空气，像轻轻的铜铃声。

在古董店，我们特别能感受时光的无情，以及生命的短暂。步出古董店时我觉得，即使在早春，也应珍惜正在流转的光阴。

山　雨

看着你微笑着，无声，在茫茫的雨雾从山下走来，你撑着的花伞，在每一格石阶一朵一朵开上来，三月道旁的杜鹃与你的伞一样有艳红的颜色。在春雨的绵绵里，我的忧伤，像雨里的乱草缠绵在一起。忧伤的雨就下在我的眼中。

眼看你就要到山顶，却在坡道转弯处隐去了。隐去如山中的风景，静默。雨，也无声。

山顶的凉亭里，有人在下棋。因为棋力相当，两个人静静地对坐着，偶尔传来一声“将军”，也在林间转了又转，才会消失。

我看着满天的雨，感觉这阵雨永远也不会停。

你果然没有到山顶上，转过坡道又下山了。我看着你的背影往山下走去，转一道弯就消失了。消失成雨中的山，空茫的山。

山雨不停。我心中忧伤的雨也一如山雨。

这阵雨永远也不会停了！看着满天的雨，我这样想着。

突然听到凉亭里传来一声高扬的：将军!

四　月

我最喜欢四月的阳光。四月的阳光不温不火，透明温润有琉璃的质感。

四月的阳光，使每一朵花都是水晶雕成，在风里唱着希望之歌。歌声五色仿佛彩虹。

四月的阳光，使每一株草都是翡翠繁生，在土地写着明日之诗。诗章湛蓝一如海洋。

在四月的阳光中，我们把冬寒的灰衣褪去，肤触着遥远天际传来的温热。使我想起童年时代，赤身奔跑过四月的田野，阳光就像母亲温暖的怀抱，然后我们跳入还留着去年冬寒的溪里游水。最后，我们带着全身琉璃的水珠躺在大石上。水一丝丝化入空中，我们就在溪边睡着了。

在四月的阳光中，草原、树林、溪流、石头都是净土，至少对无忧的孩子是这样的。所以，不论什么宗教，都说我们应该胸怀一如赤子，才能进入清净之地。

四月还是四月，温暖的阳光犹在，可叹的是我们都不再是赤子了。

石　狮

我们走过生命的原野时，要像狮子一样，步步雄健，一步留下一个脚印。

我们渡过生命的河流之际，要像六牙香象，中流砥柱，截河而流，主宰自己生命的河流与方向。

我们行经生命的丛林小径，要像灰鹿之王，威严而柔和，雄壮而悲悯，使跟随我们的鹿群都能平安温饱。

这些都是佛经的譬喻，是要我们期许自己像狮子一样威猛，像香象一样壮大，像鹿王一样温和庄严。当我们想起这几种动物，真有如自己站在高山顶上，俯视着莽莽的林木与茫茫的草原，也有那样的气派。

狮子是文殊师利菩萨的坐骑，白象是普贤菩萨的坐骑，都是极有威势的护法，尤其狮子更是普遍，连民间一般寺庙都是由狮子来护法的。

今天路过一座寺庙，看到门前的石狮子有不同的表情，几乎是微笑着的，然后我想起每座寺庙前的狮子，虽是石头雕成，每只的表情都有细微的不同。

即使是石狮子，也是有心，特别是在温馨的五月清晨的微风之中。

欢 喜

黄山谷有一天去拜访晦堂禅师，问禅师说："禅宗的奥义究竟是什么？"

晦堂禅师说："《论语》上说：'二三子，以我为隐乎？吾无隐乎尔。'禅对你们也没有什么隐藏，这意思你懂吗？"

黄山谷说："我不懂。"

然后，两人都沉默了，一起在山路上散步。当时，盛开的木犀花正在开放，香味满山。

晦堂问："你闻到香味了吗？"

"是，我闻到了！"黄山谷说。

"我像这木犀花香一样，没有隐瞒你呀！"禅师说。

黄山谷听了，像突然打开心眼一样开悟了。

是的，这世界从来没有隐藏过我们。我们的耳朵听见河流的声音，我们的眼睛看到一朵花开放，我们的鼻子闻到花香，我们的舌头可以品茶，我们的皮肤可以感受阳光……在每一寸的时光中都有欢喜，在每个地方都有禅悦。

我曾在一个开满凤凰花的城市住了三年。今天看到一棵凤凰花开，好像唱着歌一样，使我的眼耳鼻舌身意都洋溢着少年时代的欢喜。

院　子

农村里的秋天来得晚，但真正秋天来的时候是很写意的。

首先感觉到的是终于有黄昏的晚霞了。当河边的微风吹过，我们背着沉重的书包回家，站在家前院子往远山看去，太阳正好把半天染红；那云红得就像枫叶，仿佛一片一片就要落下来了。于是，我常常站在院子里就呆住了，一直到天边泼墨才惊醒过来。

然后，悬丝飘浮的、带着清冷的秋灯的、只照射自己的路的萤火虫，不知道是从河的对岸或树林深处来了，数目多得超乎想象。千盏万盏掠过院子，穿过弄堂，在草丛尖浮荡。有人说萤火虫是点灯来找它前世的情缘，所以灯盏才会那么的凄清闪烁，动人肝肺。

最后，是大人们扇着扇子，坐在竹椅上清喉咙："古早、古早、古早……"说着他们的父亲、祖父一直传说不断忠孝节义的故事。听着这些故事，使我觉得秋天真是温柔，温柔中流着情义的血。我们听故事的那个院子，听说还是曾祖父用石块亲手铺成的。

秋天枫红的云，凄凉的萤火，用传说铺成的院子如今还在闪烁。可惜现在不是秋天，也找不到那个院子了。

有　情

“花，到底是怎么样开起的呢？”有一天，孩子突然问我。

我被这突来的问题问住了，我说：“是春天的关系吧。”

对我的答案，孩子并不满意，他说：“可是，有的花是在夏天开，有的是在冬天开呀！”

我说：“那么，你觉得花是怎样开起的呢？”

“花自己要开，就开了嘛！”孩子天真地笑着，“因为它的花苞太大，撑破了呀！”

说完孩子就跑走了。是呀！对于一朵花和对于宇宙一样，我们都充满了问号，因为我们不知它的力量与秩序是明确来自何处。

花的开放，是它自己的力量在因缘里的自然展现。它蓄积自己的力量，使自己饱满，然后爆破，有如阳光在清晨穿破了乌云。

花开是一种有情，是一种内在生命的完成。这是多么亲切呀！使我想起，我们也应该蓄积、饱满、开放，永远追求自我的完成。

炉　香

有一天，一位老太太问赵州从念禅师：“怎样去极乐世界呢？”

赵州说：“大家都去极乐世界吧！我只愿永远留在苦海。”

我读到这里，心弦震动，久久不能自已。一个已经开悟的禅师，他不追求极乐，而希望自己留在与众生相同的地方，在苦海中生活，这是真实的伟大的慈悲。就好像在莲花池边，大家都赶来看莲花，经过时脚步杂乱，纸屑满地，而他只愿留下来打扫莲花池。

抬起头来，我看见案前的檀香炉。香烟袅袅，飘去不可知的远方。香气在室内盘绕不息。这烟气是不是也飘往极乐世界呢？可是如果没有香炉的承受，接受火炼，檀香的烟气也不可能飞到远方。

赵州正是要做那一个大香炉，用自己的燃烧之苦来点灯众生虔诚的极乐之向往。

我也愿做烧香的铜炉，而不要只做一缕香。

天　空

我和一位朋友去参观一处数有年代的古迹。我们走进一座亭子，坐下来休息，才发现亭子屋顶上刻着许多繁复、细致、色彩艳丽的雕刻，是人称“藻井”的那种东西。

朋友说：“古人为什么要把屋顶刻成这么复杂的样子？”

我说：“是为了美感吧！”

朋友说不是这样的，因为人哪有那样多的时间整天抬头看屋顶呢！

“那么，是为了什么？”我感到疑惑。

“有钱人看见的天空是这个样子的呀！缤纷七彩、金银斑斓，与他们的珠宝箱一样。”这是我第一次听见的说法，眼中禁不住流出了问号，朋友补充说：“至少，他们希望家里的天空是这样子，人的脑子塞满钱财就会觉得天空不应该只是蓝色。只有一种蓝色的天空，多无聊呀！”

朋友似笑非笑地看着藻井，又看着亭外的天空。

我也笑了。

当我们走出有藻井的凉亭时，感觉单纯的蓝天，是多么美！多么有气派！

“水因有月方知静，天为无云始觉高。”我突然想起这两句诗。

如　水

曾经协助丰臣秀吉统一全日本的大将军黑田孝高，他擅于用水作战，曾用水攻陷了久攻不下的高松城，因此在日本历史上有“如水”的别号。他曾写过“水五则”：

第一，自己活动，并能推动别人的，是水。

第二，经常探求自己的方向的，是水。

第三，遇到障碍物时，能发挥百倍力量的，是水。

第四，以自己的清洁洗净他人的污浊，有容清纳浊的宽大度量的，是水。

第五，汪洋大海，能蒸发为云，变成雨、雪，或化而为雾，又或凝结成一面如晶莹明镜的冰，不论其变化如何，仍不失其本性的，也是水。

这“水五则”，也就是“水的五德”，是值得参究的。我们每天要用很多的水，有没有想过水是什么？要怎样来做水的学习呢？

要学习水，我们要做能推动别人的，常探求自己方向的，以百倍力量通过障碍的，有容清纳浊度量的，永不失本性的人。

要学习水，先要如水一样清净、无碍才行。

茶　味

我时常一个人坐着喝茶。同一泡茶，在第一泡时苦涩，第二泡甘香，第三泡浓沉，第四泡清冽，第五泡清淡。再好的茶，过了第五泡就失去味道了。

这泡茶的过程时常令我想起人生。青涩的少年，香醇的青春，沉重的中年，回香的壮年，以及愈走愈淡，逐渐失去了人生之味的老年。

我也时常与人对饮。最好的对饮是什么话都不说，只是轻轻地品茶；次好的是三言两语，再次好的是五言八句，说着生活的近事；末好的是九嘴十舌，言不及义；最坏的是乱说一通，道别人的是非。

与人对饮时常令我想起，生命的境界确乎是超越言句的，在有情的心灵中不需要说话，也可以互相印证。喝茶中有水深波静、流水喧喧、花红柳绿、众鸟喧哗、车水马龙种种境界。

我最喜欢的喝茶，是在寒风冷肃的冬季，夜深到众音沉默之际，独自在清静中品茗。杯小茶浓，一饮而净，两手握着已空的杯子，还感觉到茶在杯中的热度。热，迅速地传到心底。

犹如人生苍凉历尽之后，中夜观心，看见，并且感觉，少年时沸腾的热血，仍在心口。

不着于水

近一两年，花市里普遍的都可以买到莲花了。有的花店，用几个大瓮装莲花，摆成一列放在架上，每一个瓮装一种颜色，金黄、清紫、湛蓝、纯白、粉红的莲花，五色明媚，使人走过时仿佛置身莲花池畔。

把心放平静了，把呼吸调细致一些，就会有莲花的香气从众花之中穿越出来，不愧是王者之香。即使是最浓烈的野姜花之香气，也丝毫不能掩盖那清洌的、悠远的、不染一丝尘土的清净之香。

花香里以莲香最为第一。虽然我也喜欢别的花香，但如果仔细品过莲花的香气就会知道，唯有莲花的香气可以与我们的心灵等高，或者说，唯有莲花才能使我们从尘世的梦中之梦，闻到一些超尘的声息，甚而悟到身外之身。

当学生的时候，我就常常为了看莲花，不惜翻山越岭。最近的莲花是长在南海学园里，坐在历史博物馆小贩卖部的角落，叫一杯品质不是很好的清茶，就可以从俯视的角度看植物园的千花齐放，在风华中翻转。那时感觉到连品质粗劣的清茶也好起来了，手中不管握的是什么书，总也有了书香。

有时会想，一杯茶、一卷书，还少了一炉香，如果有最好的水沉香，则人间可以无憾。有一次午后，突然悟到，如果能真正地进入莲花，则心中自有水沉香，还需要什么香呢？

这是远观，还不能真知道莲花之香。

去年秋天，我到南仁山去，借住南仁湖畔的养牛人家。牛户在竹林里种了一片莲花，有粉红与纯白两色。清晨时分，我借了竹筏撑到竹林外系住，穿林过水走到湖岸，坐在湖边看莲花在晨光中开起，然后莲香自花苞中散出来。由于竹林的围绕，香气盘桓，久久都不逸去。

那是杳无人迹的地方，空气清甜、和风沉静、湖山明澈，有丝丝莲花的香味突然飘荡起来，可想而知是多么动人！我在草坡上坐了一个上午，感觉到连自己的呼吸都有莲花的香味，惊奇地想：是不是人也可以坐成一株莲花呢？

怪不得在佛教里，把莲花当成是第一供养，是供养佛菩萨最尊贵的花；又把人见到自性譬喻成从污泥中开出不染的莲花；甚至用来比喻妙法正法，最伟大的一乘教化经典，名字就叫《妙法莲华经》……这些，在南仁湖的清晨，都使我切身地体会到了。如果不是莲花这样华果俱多、华宝具足、华开莲现、华落莲成，一般俗花如何能比喻妙法呢？

佛经里说，莲花有四德：香、净、柔、可爱。其香深奥悠远、其净出泥不染是我们都知道的，但莲花从花梗、花叶、花瓣都是非常柔软，不小心珍惜，很容易断裂受损，这不也像我们的心一样，如果不细心护惜，一个人的心是很容易受伤的！但易于受伤的心，总比刚强不能调伏的心要好些。

至于可爱，我们有时会觉得兰花俗艳不堪、姜花野性难驯、玫瑰梦幻不实、百合过于吵闹，莲花却没有可挑剔的地方。一株莲花和一群莲花一样，都有宁静、清雅、尊贵、和谐的品质。这世上香花不美、美花不香颇令人感到遗憾。唯有莲花香美具足，它的香令人清明，它的美使人谦卑。

这样尊贵的花，培植不易。以前的价钱非常昂贵，现在喜欢的人多，莲花也普及起来。一株莲花才十五元台币，如果与花店相熟，有时十元就能买到了。十元买到菩萨与自性最尊贵的供养，真是价廉物美。有时想想，人的佛性也是如此，因为普遍、人人都有，就忘失了它的尊贵。

或者不必供在案前，即使是在花市里、在莲花池，看看莲花，亲近其香，就觉得莲花与自己相应而有着无比的感动。

在晨曦中，看书案前的一盆莲花盛开，在上扬的沉香中，观想自己有如莲花开放，或者甚至成为花里的一缕香，这时会想起《阿含经》中说的：莲花生在水中、长在水中、伸出水上，而不着于水。如来生于人间、长于人间、出于人间，而不执着人间的法。心里就震动起来，泫然欲泣，连眼角都有了水意，深信自己虽生于水，总有一天也能像莲花一样不着于水。

在尘世，还能开着莲花，使我们能有清净与温柔的对待真值得感恩，“一念心清净，处处莲花开；一花一净土，一土一如来”。愿我们在观莲花的时候，也能反观自己的莲花。在我们一念觉悟、一念慈悲、一念清净、一念柔软、一念芬芳、一念恩泽等等菩提心转动的时候，我们的莲花就穿出贪瞋痴慢疑欲望的水面，在光明的晨光中开启了。

当我们像饱含甘露的莲花时，我们就会闻到从我们身体呼出来的最深的芳香！

这一站到那一站

最近在搬家，这已经是住在台北的第十次搬家了。每次搬家就像在乱阵中要杀出重围一样，弄得筋疲力尽。好不容易出得重围，回头一看，早已尸横遍野，而杀出重围也不是真的解脱，是进入一个新的围城清理战场了。

搬家，真是人生里无可奈何的事，在清理杂物时总是面临舍与不舍、丢或不丢的困境，尤其是很多跟随自己许多年的书，今生可能再也不会翻阅；很多信件是少年时代保存至今，却已是时光流转，情境不再；许多从创刊号保留的杂志，早已是尘灰满布，永远不会去看了；还有一大堆旧笔记、旧剪贴、旧资料、旧卡片，以及一些写了一半不可能完成的稿件……每打开一个柜子，都是许多次的彷徨、犹豫、反复再三。

好不容易下定决心，把不可能再用的东西舍弃。光是纸类就有二百多公斤。卖给收旧货的人，一公斤一元，合起来正是买一本新书的钱。

还舍弃一些旧家具，送给需要的朋友。

由于想到人生里没有多少次像搬家，可以让我们痛快地舍弃，使我丢掉了许多从前十分钟爱的东西，都是不能用金钱衡量的，一些成长的纪念。林林总总，舍掉的东西恐怕有一部货车那么多。

即使是这样，这次搬家还是动用了四部货车才运载完毕。使我想起从前刚到台北，行李加起来只有一个旅行袋，后来搬家，是一个旅行袋加一个帆布袋。学校毕业时搬家竟动用了一部小发财车，当时已觉得是颇大的背负。

幸好去服了兵役。第二次回到台北，又是一只旅行袋，然后路愈走愈远，背的东西也日渐增加。虽然经常搬迁、舍弃，增加的东西却总是快过丢的速度，有时想起一只旅行袋走天下的年轻时的身影，心中不免感慨。那时身无长物，只有满腔的热血和志气，每天清晨在旅行途中的窗口看见朝日初升，总觉得自己像那一轮太阳。现在放眼四顾，周围堆满了东西，自己青年时代的热血与壮志是不是还在呢?

在时光的变迁中，有些事物在增长，有些东西在消失，最可担忧的恐怕是青春不再吧！许多事物我们可以决定取舍，唯有青春不行。不管用什么方法，它都是自顾自行走。

记得十年前一个寒冷的冬天，我住在屏东市一家长满臭虫的旅店。为了想看内埔乡清晨稻田的日出，凌晨四点就从旅店出发。赶到内埔乡天色还是昏暗的，我就躺在田埂边的草地等候，没想竟昏沉沉睡去，醒来的时候日头已近中天。

我捶胸顿足，想起走了一个小时的夜路，难过得眼泪差一点落了下来。正在这时，我看到田中的秧苗反映阳光，田地因干旱而显出的裂纹，连绵到远天去，有非常之美，是我从未见过的景象。立即转悲为喜，感觉到如果能不执着，心境就会美好得多。

那时一位农夫走来，好意地请我喝水。当他知道我来看日出的美景时，抬头望着天空出神地说：“如果能下雨，就比日出更美了。”我问他下雨有什么美？他说：“这里闹干旱已经两个月了，没有下过一滴雨，日出有什么好呢？”我听了一惊，非常惭愧，以一种悔罪的心情看着天空的烈日，很能感受到农夫的忧伤。

后来，我和农夫一起向天空祷求下雨，深切地知觉到：离开了真实的生活，世间一切的美都会显得虚幻不实。

假若知道有阳光或者没有阳光，人都能有观照的角度，就知道了舍与不舍，都是在一念之间。

不只是搬家，每个人新的一天，都是从这一站到那一站。在流动与迁徙之中，只要不忘失自我，保有热血与志气，到哪里不都是一样的吗？

我们现在搬家还能自己作主，到离开这个世界时也是身体的搬家。如果不及早准备，步步为营地向光明与良善前进，到时候措手不及、做不了主，很可能就会再度走进迷茫的世界，忘记自己的来处了。

以智慧香而自庄严

有时会在晚上去逛花市。

夜里九点以后，花贩会将店里的花整理一遍，把一些盛开着的，不会再有顾客挑选的花放在方形的大竹篮推到屋外，准备丢弃了。

多年以前，我没有多余的钱买花，就在晚上去挑选竹篮中的残花。那虽然是已被丢弃的，看起来都还很美，尤其是它们正好开在高峰，显得格外辉煌。在竹篮里随意翻翻就会找到一大把，带回家插在花瓶里，自己看了也非常欢喜。

从竹篮里拾来的花，至少可以插一两天，甚至有开到四五天的。每当我把花一一插进瓶里，会兴起这样的遐想：花的生命原本短暂，它若有知，知道临谢前几天还被宝爱着，应该感叹不枉一生，能毫无遗憾地凋谢了。

花的盛放是那么美丽，但凋落时也有一种难言之美，在清冷的寒夜，我坐在案前，看到花瓣纷纷落下，无声地辞枝，以一种优雅的姿势飘散。安静地俯在桌边，那颤抖离枝的花瓣时而给我是一瓣耳朵的错觉，仿佛在倾听着远处土地的呼唤，闻着它熟悉的田园声息。那还留在枝上的花则是眼睛一样，努力张开，深情地看着人间，那深情的最后一瞥真是令人惆怅。

每一朵花都是安静地来到这个世界，又沉默离开。若是我们倾听，在安静中仿佛有深思，而在沉默里也有美丽的雄辩。

许久没有晚上去花市了。最近去过一次，竟捡回几十朵花。那捡来的花与买回的花感觉不同，由于不花钱反而觉得每一朵都是无价的。尤其是将谢未谢，更显得楚楚可怜，比起含苞时的精神抖擞也自有一番风姿。

说花是无价的，可能只有卖花的人反对。花虽是有形之物，却往往是无形的象征。莲之清净、梅之坚贞、兰之高贵、菊之傲骨、牡丹之富贵、百合之闲逸，乃至玫瑰里的爱情、康乃馨的母爱都是高洁而不能以金钱衡量。

花所以无价，是花有无求的品格。如果我们送人一颗钻石，里面的情感就不易纯粹，因为没有人会白送人钻石的；如果是送一朵玫瑰，它就很难掺进一丝杂质，由于它的纯粹，钻石在它面前就显得又俗又胖了。

花的威力真是不小，但花的因缘更令人怀想。我国民间有一种说法，说世上有三种行业是前世修来的，就是卖花、卖香、卖伞。因为卖花是纯善的行业，买花的人不是供养佛菩萨，就是与人结善缘，即使自己放置案前也能调养身心。卖香、卖伞也都是纯善的行业，如果不是前世的因缘，哪里有福分经营这么好的行业呢?

卖花既是因缘，爱花也是因缘。我常觉得爱花者不是后天的培养，而是天生的直觉。这种直觉来自良善的品格与温柔的性情，也来自对物质生活的淡泊。一个把物质追求看得很重的人，肯定是与花无缘的。

有一些俗人常把欣赏花看成是小道，其实不然。佛教两部最伟大的经典《妙法莲华经》《大方广佛华严经》就是以花来命名的，而在三千大千世界里每一个佛的净土，无不是开满美丽的花、飘扬着花香，可见爱花不是小道。

佛经中曾经比喻过花香不是独立存在的，一朵花的香气和整枝花都有关系，用来说明一个人的完成是肉体、感觉、意识、自性、人格整体的实践，是不可分离的。一枝花如果有一部分败坏，那枝花就开不美。一个人也是一样，戒行不完满就无法散放出人格的芬芳。

爱花的人如何在花中学习开启智慧，比只是痴痴地爱花重要。在《华严经》中有一位名叫优钵罗华的卖香长者，曾说过一段有智慧的话："如诸菩萨摩诃萨，远离一切诸恶习气，不染世欲永断烦恼众魔罥索。超诸有趣，以智慧香而自庄严，于诸世间皆无染着，具足成就无所着戒、净无着智、行无着境、于一切处悉无有着，其心平等，无着无依。"长者虽是从卖香而得到智慧，与花也是相通的。我们如果能自花中提炼智慧之香，用智慧之花来庄严心灵，还有什么能染着我们呢？

花的美是无常的。世间的一切何尝不是花般无常？若能体会无常也有常在，无常也就能激发我们的智慧。我曾试写过一首偈：

日日禅定镜

处处般若花

时时清凉水
夜夜琉璃月

这世间，“镜花水月”是最虚幻和短暂的。唯其如此，才使我们有最深刻的觉醒，激发我们追求真实和永恒的智慧。

当我们面对人间的一朵好花，心里有美、有香、有平静、有种种动人的质地，会使我们有更洁净的心灵来面对人生。

让我们看待自己如一枝花吧！香给这世界看，如果世界不能欣赏我们，我们也要沉静庄严地开放，倾听土地的呼唤，深情地注视人间！

小　丑

在台北东区繁华的街市，偶尔会看到两位小丑，说是“小丑”，只是说他们的脸上画了五颜六色的油彩，不是真在舞台上表演的小丑。

在人群中，我们一眼就会看见他们。匆忙的人群每当走到他们面前，会突然惊心一下，一回神，才又继续匆忙的脚步。

有一位是长得高瘦的青年，他撑着拐杖沿忠孝路卖口香糖。走累了，就会蹲靠在大百货公司墙壁看着人群。他的小丑化装把脸孔从中画成两半，一半是永远带着笑意，另一半则哭丧着，眼角挂着一滴垂到脸颊的泪。

他的脸于是成为一种极为荒诞的组合了，嘴角也是。他那一张艳红的嘴，一半要笑得上扬着，一半欲哭得落了下来。他的半哭半笑的脸，让人一见就不能忘。不过，在天气好的时候，他偶尔会画出一张很欢喜的笑脸，让人感觉很春天。

他的头发更绝，是最流行的朋克头。有时染成好几色，有时如公鸡的红冠高高竖起。在黑夜的人群与流丽的灯光中，他那血脉贲张的头发像箭一样，仿佛支支都要向人的红心射去。那小丑是城市里的孤独者，他总是默默地从此处穿过彼处，特别使人震动的是，他有一双极锐利极肃穆的冷眼，每次与他的眼神相遇，令人欲哭，感觉到小丑不应该有那样的眼神。

另一位“小丑”就完全不同了。他驾着一部小型的机动车，车上摆了许多乐器，沿街演奏，完全无视于周围的人群。有一次在顶好广场前，围了一群人，中间传来电子琴和口琴的声音，我从人缝中穿过去，就看到这位小丑了。他的两腿完全失去功能，但他的脸很温和，油彩的化装也很温和，最奇异的是他的眼，温煦一如春阳。

很显然的，小丑也陶醉在自己演奏的乐曲里了。他的欣悦传给了旁边的人。大家都专心地聆听这位残障者，用特别的慧心来为人间的温情下注。人群愈围愈多，竟把一整个广场都占满了，连来取缔的警察也站立倾听。

为什么，两位残障者装扮的小丑有如此大的不同呢？我不知道。我知道的是，他们夸张地把自己打扮起来，是为了引起别人的注视，以及悲悯，来求取生活的温饱；另外，他们对人间事物，应该也有独特的自我诠释吧！似乎企图用欢乐的外表来化解人间深沉的悲哀。

今天，我到百货公司的洗手间时，正好遇到年轻的小丑在镜子前补妆。他的盒子里装着各色油彩，一笔一画地往脸上涂抹，出人意料的专注之情。我看见他那惯常冷漠的眼中有一丝丝忧伤，眉头也深结着。他把头发一撮撮拈起，用发胶固定，然后满意地看着自己的脸。我看着，好像自己也贴近了他那忧伤的心。

我站在旁边静静看他，一直到他完工为止。他未料到有人观看，竟羞赧地笑了。脸红得使油彩都为之失色。那一刻，我才感叹：呀！这好像经历人世沧桑的小丑原来只是个纯真的大孩子！

走到大街上，阳光灿然，真有几分是春天了。缤纷的春装已上市，冷然的都市人到街上温习已失去很久的早春的阳光。年轻人的笑语此起彼落。

有人哭着，也有人欢笑。

有人半边脸欢喜，半边脸流泪。

在另一个日出，我们会发现春天已经来了。

因为春天，不在遥远的天边，不在山水的人间，不在盛放的花蕊，而在人心。

我常常这样想：如果我是小丑，我要用什么眼神、什么心情来注视这个世界呢？

宁静海

孩子从学校带回一盒蚕宝宝。据他说，现在学校里流行养蚕，几乎人手一盒。

面对那些纯白的小生命，我感到烦恼了。因为养蚕的事看来容易，实践却很难。我童年的时候养过许多次蚕，最后几乎都注定了失败的命运。并不是蚕养不活，而是长大以后它吐茧结蛹、羽化为蛾，生出更多的小蚕，繁殖得太快。不是桑叶不够吃，就是没有地方放置，最后，总是整盒带到郊外的桑树上放生。

那时候山里的桑树很多，甚至我家的后院就有几棵桑树。通常我们都是去山里采桑叶，只在不得已的情况才摘家里的。

想一想，在桑叶那么充沛的时候，养蚕都会失败，何况是现在呢？

孩子养蚕的桑叶是买自学校的福利社，一包十元。回来后他把桑叶冰在冰箱里免得枯萎。我看他忙得不亦乐乎，却想到：万一学校福利社的桑叶缺货呢？

果然，没有多久，一天孩子满头大汗地从学校回来，说："爸！糟了！天下大乱了！学校的桑叶缺货！"那天下午，我带他到台北市郊几个可能有桑树的地方去，都找不到一棵桑树。黄昏回程的时候，他垂头丧气地坐在车里，突然眼睛一亮："爸爸，我们用别的树叶试试！”

“没有用的，千百年来蚕就是吃桑叶长大，它不可能吃别的叶子。”我说。

孩子说：“真的饿死也不吃别的树叶吗？我不信！”

“那么，你试试看！”

孩子兴奋地把家里种的树叶各摘下一片，把冰箱的菜叶也找来了。不管他放下什么叶子，蚕总是无动于衷，甚至连动也不动一下。虽然它们看起来是那么饥饿，饿得快死了，也不肯动口尝尝别的叶子。

试过所有的叶子，孩子长叹一声说：“哎呀！这些蚕怎么这样想不开？吃几口别的树叶会死吗？”

他坐在那里发了半天呆，突然问我说：“如果，如果，一群蚕从生下来就让它吃别的树叶，不让它吃一口桑叶，它会不会吃呢？”

“你试试看吧！”

为了寻找这问题的答案，他更乐于养蚕（幸好第二天福利社的桑叶就送来了）。蚕儿长大、成蛹、化蛾、产卵……当黑色像睫毛一样的小蚕孵出的那一刻，孩子就喂给它别的树叶，结果它们的固执和父母一样，连第一口也不肯吃。最后孩子不得不把桑叶放进去，它们立刻欢喜地开口大吃了。

小蚕对桑叶的坚固执着，令我感到非常吃惊。它们的执着显然不是今生的习惯，而是来自遥远前世的记忆，否则不会连生平的第一口都那么执着。

在面对蚕的执着，孩子学到了什么呢？他说：“蚕的心，我们是不会知道的啦！”

是呀！蚕的心潜藏着轮回的秘密，孕育着业力的神秘，包覆着习气的熏习，或者是像海一样深不可测的。当然这些都无从查考，唯一可知的是它只吃桑叶（古今中外的蚕都如此），它只吐一种明亮、柔软、坚韧的丝（古今中外的蚕也都如此）。

世界的众生何尝不如此呢？每一众生的内在世界都深奥一如海洋。以蚕的近亲飞蛾来说吧！它们世世代代寻火而扑、在火中殉身，永不疲厌，是为了什么？以蚕的远亲蝴蝶来说，同一品种的蝴蝶，花纹世世代代均不改变，甚至身上的斑点不会多一个或少一个；而它们世世代代只吃花蜜，不肯改一下口味，这是为什么呢？

众生都有不能破除的执着，小似无知的昆虫到大似灵敏的人，都是如此。众生的识执都有如海洋，广大、难以探测、不能理解。

在我们理想中的宁静、澄澈、深湛、光明的自性之海，要经过多么长远的时光，才能开显呀！

从一枚小小的桑叶、一只小小的蚕，我也照见了自己某些尚未破尽的烦恼。

惜别的海岸

在恒河边，释迦牟尼佛与几个弟子一起散步的时候，他突然停下脚步问：

“你们觉得，是四大海的海水多呢？还是无始生死以来，为爱人离去时，所流的眼泪多呢？”

“世尊，当然是无始生死以来，为爱人所流的眼泪多了。”弟子们都这样回答。

佛陀听了弟子的回答，很满意地带领弟子继续散步。

我每一次想到佛陀和弟子说这段话的情景，心情都不免为之激荡，特别是人近中年，生离死别的事情看得多了，每回见人痛心疾首地流泪，就会想起佛陀说的这段话。

在佛教所阐述的“有生八苦”之中，“爱别离”是最能使人心肝摧折的了。爱别离指的不仅是情人的离散，指的是一切亲人、一切好因缘终究会有散灭之日，这乃是因缘的实相。

因缘的散灭不一定会令人落泪，但对于因缘的不舍、执着、贪爱，却必然会使人泪下如海。

佛教有一个广大的时间观点，认为一切的因缘是由“无始劫”（就是一个无量长的时间）来的，不断地来来去去、生生死死、起起灭灭。在这样长的时间里，我们为相亲爱的人离别所流的泪，确实比天下四个大海的海水还多，而我们在爱别离的折磨中，感受到的打击与冲撞，也远胜过那汹涌的波涛与海浪。

不要说生离死别那么严重的事，记得我童年时代，每到寒暑假都会到外祖母家暂住。外祖母家有一大片柿子园和荔枝园，有八个舅舅，二十几个表兄弟姊妹，还有一个巨大的三合院。每一次假期要结束的时候，爸爸来带我回家，我总是泪洒江河。有一次抱着院前一棵高大的椰子树不肯离开，全家人都围着看我痛哭。小舅舅突然说了一句："你再哭，流的眼泪都要把我们的荔枝园淹没了。"我一听，突然止住哭泣，看到地上湿了一大片，自己也感到非常羞怯。如今，那个情景还时常从眼前浮现出来。

不久前，在台北东区的一家银楼，突然遇到了年龄与我相仿的表妹。她已经是一家银楼的老板娘，还提到那段情节，使我们立即打破了二十年不见的隔阂，相对而笑。不过，一谈到家族的离散与寥落，又使我们心事重重。舅舅、舅妈相继辞世，连最亲爱的爸爸也不在了，更觉得童年时为那短暂分别所流的泪是那样真实，是对更重大的爱别离在做着预告呀！

"会者必离，有聚有散"大概是人人都懂得的道理，可是在真正承受时，往往感到无常的无情。有时候看自己种的花凋零了、一棵树突然枯萎了，都会怅然而有湿意，何况是活生生的亲人呢？

爱别离虽然无常，却也使我们体会到自然之心，知道无常有它的美丽。想一想，这世界上的人为什么大部分都喜欢真花，不爱塑胶花呢？因为真花会萎落，令人感到亲切。

凡是生命，就会活动，一活动就有流转、有生灭、有荣枯、有盛衰，仿佛走动的马灯，在灯影迷离之中，我们体验着得与失的无常，变动与打击的苦痛。

当佛陀用“大海”来形容人的眼泪时，我们一点都不觉得夸大。只要一个人真实哭过、体会过爱别离之苦，有时觉得连四大海都还不能形容，觉得四大海的海水加起来也不过我们泪海中的一粒浮沤。

在生死轮转的海岸，我们惜别，但不能不别。这是人最大的困局。然而生命就是时间，两者都不能逆转。与其跌跤而怨恨石头，还不如从今天走路就看脚下；与其被昨日无可挽回的爱别离所折磨，还不如回到现在。

唉唉！当我说“现在”的时候，“现在”早已经过去了。现在的不可住留，才是最大的爱别离呀！

往事只能回味

在乡下走过一家冰果室，突然从里面传来一个非常熟悉的声音：

春风又吹红了花蕊，
你已经也添了新岁，
你就要变心，
像时光难倒回，
我只有在梦里相依偎。

原来是一首老歌《往事只能回味》，是一位很甜美的歌星尤雅唱的。听到这首歌，使我站在冰果室的门口前呆住了，仿佛刹那间沦入了时光之河。

在我读高中的时候，《往事只能回味》是全台湾最流行的歌，我们的学校在台南郊区荒僻的野外，附近没有几户人家，只有零星的杂货铺、面店、冰果室做学生的生意。记得学校北边围墙外的冰果室，几乎是天一亮就开始播放《往事只能回味》，循环往复，永无休止，一直到吃中饭时才歇息，等到我们午睡方憩，又开始“往事只能回味”了。

冰果室的老板娘是典型的迟暮美人，脸上总涂着厚厚的脂粉。听说从前是在特种营业退下来的，声音早已沙哑，可是她很偏爱这首《往事只能回味》，刨冰时也唱、洗碗时也唱，而且日日持续不断。有一些爱开玩笑的同学就给她一个绰号叫“往事只能回味”，于是出门时便有了这样的语言：“我要去往事只能回味那里吃冰。”“喔！请回味帮我做一碗红豆冰，带回来。”

由于“往事只能回味”那样爱唱往事只能回味，使这首歌几乎成为我们学校的校歌，老师同学没有不会唱的。那时正是兵荒马乱的高中三年级，有时唱起这首歌来真是百感交集，一点点欢欣、一点点感伤，以及许许多多的荒谬之感。记得第一次回去开高中同学会，有的人在读大学，有的人落榜了，情绪飘忽起伏，突然有一个同学说：“我们一起来唱《往事只能回味》吧！”一时之间，情绪立刻统一，又回到少年一样，每个人的少年都有值得回味之处吧！

一年多前，遇到现在旅居香港的女同学，她颇感慨地说：“唉！我们高中三年同学，在学校里竟没有说过一句话呀！”是的，我们的青春年华都葬送在读书考大学了，男女之间还有什么闲话呢？我说：“你还记得往事只能回味吗？”她笑了：“记得，记得，记得她的歌和她的人。”虽然，我们高中三年未说过一句话，十几年没通音问，也好像立刻成了好友，只因为有过一段共同的往事。

想起这些，走出乡下的小店，自己轻轻地唱了起来：

时光一逝永不回，

往事只能回味，
忆童年时竹马青梅，
两小无猜日夜相随……

唱着唱着，感觉时光已流走好远，只剩下冰果店老板娘那姹紫嫣红的笑脸。记得她也爱唱另一首《微笑地送你走》，里面有这样的句子：“我只有微笑地送你走，把泪流在心头。”对于无情的时光，飞翔的往事，我们没有更好的态度，只有微笑地送走了。

思想的天鹅

有时候我在想，人的思想究竟是像什么呢？有没有一种具象的事物可以来形容我们的思想？

偶尔，我觉得思想像彩色的蝴蝶，在盛开的花园中采蜜，但取其味，不损色香，而这蝴蝶不能在我们预设的花园中飞翔，它随风翻转，停在一些我们不能考察的花丛中，甚至让我觉得，那蝴蝶停下来时有如一株花。

偶尔，我觉得思想犹如海洋，广大与深度都不可探测。在它涌动的时候，或者平缓如波浪，或者飞溅如海啸，或者反映蓝天与星光，只是，思想在某些时候会有莫名的力量，那像是渔汛或暖流、黑潮从不知的北方来到，那可能就是被称为“灵感”的东西。

偶尔，我觉得思想像是《诗经》中说的“鸢飞戾天，鱼跃于渊”的鸢或是鱼，上及飞鸟下至渊鱼，无不充满了生命力、无不欢欣悦豫，德教明察。鸢鸟的眼睛是最锐利的，可以在一千米以上的高空，看见茂盛草原中奔跑的一只小鼠；鱼的眼睛则永远不闭，那是由于海中充满凶险，要随时改变位置。

不过，蝴蝶的翅力太弱，生命也太短暂；而海洋则过于博大，不能主宰；鸢呢？鸢太过强猛，欠缺温柔的性质；鱼则过于惊慌，因本能而生活。

思想如果愿意给一个形象，我愿自己的思想像天鹅一样。天鹅的古名叫鹄，是吉祥的鸟，是“燕雀安知鸿鹄之志”中的那种两翼张开有六尺长的大鸟。它生长于酷寒的北方，能顺着一定的轨迹，越过高山大河到达南方的温暖之地。它既善于飞翔，也善于游泳；它性情温和，而意态优雅；它善知合群，能互相守望；它颜色分明，非白即黑；它能安于环境，不致过分执着……天鹅有许多好的品性，它的耐力、毅力与气质，都是令人倾倒的。芭蕾舞剧《天鹅湖》中，对情感至死不渝的天鹅，不知道使多少人为之动容。

我愿意自己的思想浩大如天鹅之越过长空，在动荡迁徙的道路上，不失去温和与优雅的气质。更要紧的是，天鹅是易于驯养的，使我不至于被思想牵动，而能主引自己的思想，让它在水草丰美的湖滨自在优游。

据说，驯养天鹅有两个方法：一个是把天鹅的一边翅膀修剪，使它失去平衡不能起飞，它就会安住于湖边；另一个方法是，把天鹅养在一个较小的池塘里，由于天鹅的起飞，必须先在水中滑翔一段路途，才能凌空而去，若池塘太小，它滑翔的路程太短就不能起飞了。从前，欧洲的动物园用前一个方法驯养天鹅，后来觉得残忍，并且展翅的时候丑陋，现在都用后面的方法。

驯养思想的天鹅似乎不必如此，而是确立一个水草丰美的湖泊作为天鹅的家乡，让它既保有平衡的双翼（智慧与悲悯），也让它有广大的湖泊（清明的自性），然后就放心地让它展翅翱翔吧！只要我们知道天鹅是季候之鸟，不管它是飞到万里之外，它在心灵中永远不会忘记自己的家乡。经过数万里时空，在千百劫里流浪，有一天，它就会飞回它的家乡。

传说从前科举时代有一段时间，凡是到京城应试的士子都要穿“鹄袍”，译成白话就是要穿“天鹅服”。执事的人只要看见穿白袍的人就会肃然起敬，因为那些穿着白衣的年轻孩子，将来会有许多位至公卿，是不可轻视的。佛教把居士称为“白衣”，称为“素”，也是这个意思。

思想的天鹅也像是身穿白袍的士子，纯洁、青春、充满了对将来的热望，在起飞的那一刻不能轻视，因为它会万里翱翔，主宰人的一生。

在我的清明之湖泊，有一只时常起飞的天鹅。我看它凌空而去，用敏锐的眼睛看着世界，心里充满对生命探索的无限热诚。我让那只天鹅起飞，心里一点也不操心，因为我知道天鹅有一个家乡。它的远途旅行只是偶然的栖息，它总会飞回来，并以一种优雅温柔的姿势，在湖中降落。

时间道场

一分钟很短，但是，一分钟比五十九秒还长，比一秒钟更长得多，所以，要珍惜每一分钟。

佛经最短的时间是一刹那，等于七十五分之一秒。一念里有九十刹那，一刹那有九百生灭，因此连刹那也是无限。

佛经里最长的时间叫“阿僧祇”，是不可计算、无量数的意思。据称一阿僧祇有一千万万万万万万万万兆年，可是又说：“一念遍满无量阿僧祇劫”，因此长短并没有分别。

一弹指，也是佛经的用语。一弹指有六十五刹那。有的经说一弹指有九百六十生死，有的经说一弹指之间心念转动九百六十次。还有说二十念为一瞬，二十瞬为一弹指。又有说，四百念为一弹指，一万二千弹指是一昼夜。并不是佛经不统一，而是时间乃相对的概念，不是绝对的。

有的人一分钟当千百世用，有的人千百世轮回生死业海茫茫，不及别人的一弹指顷。

一寸时光，就是一寸命光。每一眨眼，命光就流逝了。因此，注意当下，就是珍惜永恒的生命。

在思想与思想之间，时间一定留有空隙。只要进入那空间，有觉察的力，时间就等于智慧。

不要期待永恒的理想，若能安住在此刻的时间上，此刻就是净土，就是永恒的理想。

“万法归一,一归何处？”其实，一就展现了万法，就像一秒钟不能从一万年抽出。一万年则是由一秒钟组成。

年龄不能作为智慧的依据，因为每个人都是宇宙的老人。上帝未生之前，我就存在了。这是宇宙的真实。

有理想、有壮怀的人不因时间消逝而颓唐，而是到死的瞬间还保持向前的心。

我喜欢两副对联：

世事如棋局，不着者便是高手。
一身似瓦瓮，打破了才见真空。

两个空拳握古今，握住也须放手。

一支金笏担朝政，担起也要歇肩。

——真是道尽了人与时间赛跑的关系。人不能与时间赛跑，但人可以包容时间、善待时间。

极大之处，有极小存在；极近之处，有极远存在；极恶之处，一定也有佛存在。

时间是空，但它创造了无限的有；时间是不可捉的，却制造许多可捉之物；时间的空与不空是同一质、同一味。

“万法是真如，由不变故；真如是万法，由随缘故。”时间从未变过，因为钟表、日夜都不是时间；但时间也从未住留，因为整个宇宙都是时间的痕迹，时间的道场，在为我们说缘起的法、生灭的法。

小　米

丰收的歌

有一次在山地部落听山地人唱小米丰收歌，感动得要落泪。

其实我完全听不懂歌词，只听到对天地那至诚的祈祷、感恩、欢愉与歌颂，循环往复，一遍又一遍。

夜里，我独坐在村落边，俯视那壮大沉默的山林，仰望着小米一样的星星，回味刚刚喝的小米酒的滋味，和小米麻薯的鲜美，感觉到心里仿佛有一粒小米，饱孕成熟了。这时，我的泪缓缓地落了下来。

落下来的泪也是一粒小米。可以酿成抵御寒风的小米酒，也可以煮成清凉的小米粥，微笑地走过酷暑的山路。

星星是小米，泪是小米，世事是米粒微尘，人是沧海之一粟呀！全天下就是一粒小米。一粒小米的体验也就是在体验整个天下。

在孤单失意的时候，我就会想起，许多年前山地部落的黑夜。沉默的山林广场正在唱小米丰收歌。点着柔和的灯，灯也是小米。

我其实很知道，我的小米从未失去，只是我也需要生命里的一些风雨、一些阳光，以及可以把小米酿酒、煮粥、做麻薯的温柔的心。

我的小米从未失去，我也希望天下人都不失去他们的小米。

那种希望没有歌词，只有至诚的祈祷、感恩、欢愉与歌颂。

循环往复，一遍又一遍。

一粥一饭

沩山灵祐禅师有一次闲坐着，弟子仰山慧寂来问说：

“师父，您百年后，如果有人问我关于您的道法，我要怎么说呢？”沩山说：“一粥一饭。”

（我的道法只是一粥一饭那样的平常呀！）

地瓜稀饭

吃一碗粥、喝一杯茶，细腻地、尽心地进入粥与茶的滋味，说起来不难，其实不易。

那是由于有的人失去舌头的能力，有的人舌头太刁，都失去了平常心了。

我喜欢在早上吃地瓜粥，但只有自己起得更早来熬粥，因为台北的早餐已经没有稀饭，连豆浆油条都快绝迹了。满街都是粗糙的咖啡牛奶、汉堡与三明治。

想一想，从前每天早晨吃地瓜稀饭，配酱菜、萝卜干、豆腐乳是多么幸福的事呀！那从匮乏与饥饿中体验的真滋味，已经很久没有了。

半亩园

从前，台北有一家专卖小米粥的店叫“半亩园”。我很喜欢那个店名，有一种“半亩横塘荷花开”的感觉。

第一次去半亩园，是十八岁刚上台北那一年，一位长辈带我去吃炸酱面和小米粥。那时的半亩园开在大马路边，桌椅摆在红砖道上，飞车在旁，尘土飞扬，尘土就纷纷地落在小米粥上。

刚从乡下十分洁净的空气来到台北，看到落在碗中的灰尘，不知如何下箸。

长辈笑了起来，说：“就当作多加了一点胡椒吧！”然后他顾盼无碍地吃了起来。

经过这许多年，我也能在生活中无视飞扬的尘土了。就当作多加了一点胡椒吧！

百千粒米

也是沩山灵祐的故事。有一次他的弟子石霜楚圆正在筛米，被灵祐看见了，说：“这是施主的东西，不要抛撒了。”

“我并没有抛撒！”石霜回答说。

灵祐在地上捡起一粒米，说：“你说没有抛撒，哪，这个是什么？”

石霜无言以对。

“你不要小看了这一粒米，百千粒米都是从这一粒生出来的！”灵祐说。

灵祐的教法真好。一个人通向菩提道，其实是与筛米无异。对一粒习气之米的轻忽，可能生出千百粒习气；对一粒清净之米的珍惜，可以开展一亩福田。

拾　穗

我时常会想起从前在稻田里拾稻穗的一些鲜明的记忆。

在稻田收割的时候，大人们一行行地割稻子，我们做小孩子的跟在后面，把那些残存的掉落的稻子一穗穗捡拾起来。一天下来，常常可以捡到一大把。

等到收割完成，更穷困的妇女会带她们的孩子到农田拾穗。那时不是一穗一穗，而是一粒一粒了。一个孩子一天可以拾到一碗稻子。一碗稻子就是一碗米，一碗米是两碗粥。如果煮地瓜，就是四碗地瓜稀饭了。

父亲常说：“农田里的稻子再怎么捡，也不会完全干净的。”

最后的那些，就留给麻雀了。

拾穗的经验所给我的启示是，不管我们的田地有多宽广，仍然要从珍惜一粒米开始。

八万细行

那对微细的每一粒米保持敏感与醒觉的态度，在修行者称为“细行”。

也就是对微细的惑、微细的烦恼、微细的习染，以及一切微细的生命事物，也有彻底清净的觉知。

“三千威仪”便是从“八万细行”来的。

微细到什么地步呢?

微细到如一毫芒的意念，也要全心全力地对待。

恶的细行像《宗镜录》说的：

> 一翳在目，千华乱空；一妄在心，恒沙生灭。

善的细行如摩诃止观说的：

> 一微尘中，有大千经卷；心中具一切佛法，如地种、如香丸者。

完全超越清净的细行就像碧岩录里说的：

有僧问赵州：“万法归一,一归何处？”

赵州说：“我在青州作一领布衫，重七斤。”

曹源一滴水

仪山禅师有一天洗澡的时候，因为水太热了，叫一个小弟子提一桶冷水来，把水调冷一些。

年轻的弟子奉命提水来，将洗澡水调冷以后，顺手把剩下的冷水倒掉。

“笨蛋，你为什么浪费寺里的一滴水？”仪山厉声地责骂，“一切事物都有其价值，应该善加利用，即使只是一滴水，用来洒树浇花都很好。树茂盛、花欢喜，水也就永远活着了。”

那年轻的弟子当下开悟，自己改名为“滴水和尚”，就是后来日本禅宗史上伟大的滴水禅师。

在中国，把一切能承传六祖慧能顿悟禅正法的，称为“曹溪一滴”或“曹源一滴水”。每一滴水就是一滴法乳。

水的大小

每一滴水看来很小，但组成四大洋的是一滴一滴的水，圆融无碍。

大海看来很大，其实也离不开一滴水。

我们呼吸的空气也是如此。我们每吸一口空气，都是大树、小草，或人所吐出来的。我们每吐出一口空气，也都辗转往复，不会失去存在。

若知道我们喝的水不增不减，我们呼吸的空气不净不浊、不沉不没，就比较能了知空性了。

蟑螂游泳

一只蟑螂掉进抽水马桶，在那里挣扎、翻泳，状甚惊惧恐慌。

我把它捞起来，放走，对它说：

“以后游泳的时候要小心喔！”

它称谢而去。

大小是相对而生的。对一只蟑螂，抽水马桶的一小捧水就是一个很大的湖泊了。

吃馒头的方法

永春市场有山东人卖馒头，滋味甚美。

每天散步路过，我总是去买一个售价六元的馒头——刚从蒸笼取出，圆满、洁白，热腾腾的，充满了麦香。

一边散步回家，一边细细地品味一个馒头，有时到了忘我的境地，仿佛走在很广大的小麦田里，觉得一个馒头也让人感到特别的幸福。

小　小

小小，其实是很好的，饮杯小茶、哼首小曲、散个小步、看看小星小月、淋些小风小雨，或在小楼里，种些小花小木；或在小溪边，欣赏小鱼小虾。

也或许，和小小时候的小小情人在小小的巷子里，小小的擦肩而过，小小的对看一眼，各自牵着自己的小孩。

小小的欢喜里有小小的忧伤，小小的别离中有小小的缠绵。

人生的大起大落、大是大非，真的是小小的网所织成的。

小诗有味

想到苏东坡的两句诗："高论无穷如锯屑，小诗有味似连珠。"长篇大论就像锯木头的木屑，小小的诗歌就像一连串的珍珠，有味得多了。

"小"往往可以看到更细腻的情感，特别是写细微之心情。陆游有一首好诗《临安春雨初霁》：

世味年来薄似纱，谁令骑马客京华。
小楼一夜听春雨，深巷明朝卖杏花。
矮纸斜行闲作草，晴窗细乳戏分茶。
青衣莫起风尘叹，犹及清明可到家。

这是典型的“轻、薄 、短、小”。想想看，如果是在大厦里听大雨，在大街看大男人穿梭车阵卖玉兰花，那是如何来写诗呢？

小儿女有情长之义，大英雄有气短之憾。送给情人的一小朵玫瑰花，其真情有时可比英雄们争斗于一片江山。

时人见此一枝花，如梦相似。

一毛端现宝王刹

智者大师说：“一色一香，无非中道。”一色一香虽然微细，却都有中道实相的本体。这就是《楞严经》说的“于一毛端现宝王刹”，那是由于事理无碍、大小相含、一多平等的缘故。

所以，智者大师的“小止观”里有“大境界”。一切“大师”都是从“小僧”做起。

正法眼藏里说：

一心一切法，一切法一心。
心即一切法，一切法即心。

从实相看，这个世界没有什么是真正的小，也没有什么是真正的大。那是有一个心的观照，观大则大，观小即小。

如来眼中的一毛端看到宝王刹，甚至每一毛孔都现出无量的三千大千世界；如来眼中的婆娑世界，也只不过是半个庵摩罗果呀！

锋利不动

别怕！别怕！业障虽大，自其变者而观之，不过是尘尘刹刹；精进！精进！善根虽小，自其不变者而观之，光影灼灼。

德山宣鉴禅师说："一毛吞海，海性无亏；纤芥投锋，锋利不动。"

在这广大的菩提之路，我们就是这样一小步一小步地走上前去。

每一年都会有小米丰收。

我们也会常常唱起小米丰收的歌呀！

那首歌或者没有歌词，或者含泪吟咏，但其中有至诚的祈祷、感恩、欢愉与歌颂，循环往复。

一遍又一遍。

竖琴与法国号

我喜欢竖琴和法国号的音乐，说来奇特，是先爱上它的样子。

二十几年前的乡下没有什么音乐环境，乡下人知道的音乐大概不离歌仔戏、南北管，或者是一些乡间的老歌，最前进的人也只知道钢琴和小提琴。

我也蛮喜欢钢琴和小提琴音乐，却不喜欢演奏时的样子。拉小提琴的人总是歪着脖子，感觉上不是很轻松自由；弹钢琴的人则是面前一具粗大笨重的大木箱，线条与造型不是很有美感的。

读小学的时候，去看了一场电影，看到一个身穿白袍的少女弹竖琴，琴旁置满了纯白的马蹄兰，那个画面令我为之着迷。那时候也没有听清楚竖琴的声音，但仿佛觉得“演奏音乐就应该像那个样子”，轻柔、舒坦，有一种灵性之美。以后，每看到有竖琴的唱片，就存钱买一张来听，才发现竖琴的声音单纯素朴，好像春天时开放的野百合花，颜色、形状高雅，香气轻淡芬芳。

后来又发现，凡是演奏竖琴的少女都有一种特别的气质——美，以及不凡，给人一种“人琴合一”的觉受。

喜欢法国号则是一个特别的机缘。我读初一时，有一个堂哥是高中的乐队，是吹奏小喇叭的。他每天在阳台上练习，常吹得脸红脖子粗、青筋暴露。当他吹小喇叭时，家里的人总是落荒而逃，只有我每天做忠实的听众，看一个乡下青年借小喇叭吹出他的叛逆心声。

有一天，堂哥不知从何处买来一把法国号，那卷曲的圆形有一点像园子里的蜗牛。堂哥把法国号倒盖在桌上，每天拿出来一再擦拭，感觉就像是虔诚地供养着某种圣物。他拿起法国号时，眼中充溢的光芒与神采，至今回想起来都令我动容。

堂哥仍然在阳台上吹奏小喇叭，吹完了，他就练习法国号。法国号的声音比小喇叭温柔多了，有着一种和平浪漫的气质，像是草原中呼呼抚过的风声，或是山谷中突然升起的一朵白云，真是美极了。

我听的法国号唱片都是堂哥买的。有时在静夜里，我们一起听法国号，心情都会为之迷荡，然后相对地谈论着日后要一起到台北去闯一番天下，赚到钱则买很多很多最好的唱片来听。

堂哥后来并没有到台北来，留在乡下做消防队员。有一次回到乡下，他的法国号还在，但他说：“已经很久很久没有吹过了。”我看那支仍擦得晶亮，被保存完好的法国号挂在壁上，知道堂哥的梦想已经被现实生活所深埋了。

竖琴，可以说充满了女性的妩媚；法国号，则象征了男人的温柔。都是我心中最美丽的乐器，而由乐器的形状竟爱上了那特别的音乐，想起来，人生的因缘真是不可思议，形状与本质之间也有着超越思维的关联呀！

对于音乐我向来都有着一种神秘的、关于创造力的向往，几乎是可以全盘接受的，像意大利的歌剧、希腊的四弦琴、印度的西塔琴、中国的南胡、欧洲的排箫、乃至乡下的唱大戏、非洲的鼓乐都有令人动容之处。摇滚乐、流行歌、乡村歌谣、黑人灵歌也是这样的。

但是说来说去，最喜欢的还是竖琴与法国号，每次在生命的欢喜与悲情中，在悲欣交集之际，听起来，就感觉到应该珍惜人生，因为在生活中我们可以整个感觉、整个心情都融入音乐，实在是一种幸福，而那样幸福的时刻并不太多呀！

夏日小春

燠热的夏日
其实也很好
每一朵紫茉莉开放时
都有夏天夕阳的芳香

山樱桃

夏日虽然闷热，在温差较大的南台湾，凉爽的早晨、有风的黄昏、宁静的深夜，感觉就像是小小的春天。

清晨的时候沿山径散步，看到经过一夜清凉的睡眠，又被露珠做了晨浴的各种小花都醒过来微笑，感觉到那很像自己清晨无忧恼的心情。偶尔看见变种的野茉莉和山牵牛花开出几株彩色的花，竟仿佛自己的胸腔被写满诗句，随呼吸在草地上落了一地。

黄昏时分，我常带孩子去摘果子。在古山顶有一种叫作“山樱桃”的树，春天开满白花，夏日结满红艳的果子，大小和颜色都与樱桃一般，滋味如蜜还胜过樱桃。

这些山樱桃树在古山顶从日据时代就有了。我们不知道它的中文名字，甚至没有台语，从小，我们都叫它莎古蓝波，是我从小最爱吃的野果子。它在甜蜜中还有微微的芳香，相信是做果酱极好的材料，虽然盛产时的山樱桃，每隔三天就可以采到一篮，但我从未做过果酱，因为“生吃都不够，哪有可以晒干的”。

当我在黄昏对几个孩子说：“我们去采莎古蓝波”的时候，大家都立刻感受着一种欢愉的情绪，好像莎古蓝波这个字的节奏有什么魔法一样。

我们边游戏边采食山樱桃，吃到都不想吃的时候，就把新采的山樱桃放在胭脂树或姑婆芋的叶子里包回家，打开来请妈妈吃。她看到绿叶里有嫩黄、粉红、橙红、艳红的山樱桃果子，欢喜地说：“真是美得不知道怎么来吃呢。”

她总是浅尝几粒，就拿去冰镇。

夜里天气凉下来了，我们全家人就吃着冰镇的山樱桃，每一口都十分甜蜜。电视里还在演《戏说乾隆》，哥哥的小孩突然开口：“就是皇帝也吃不到这么好的莎古蓝波呀。”

大家都笑了。我想，很单纯，也可以有很深刻的幸福。

青莲雾

很单纯，也可以有很深刻的幸福。当我们去采青莲雾的小路上，想到童年吃青莲雾的滋味，我就有这样的心情。

青莲雾种在小镇中学的围墙旁边。这莲雾的品种相信已经快灭绝了。当我听说中学附近有青莲雾没人要，落了满地的时候，就兴冲冲带三个孩子，穿过蕉园小径到中学去。

果然，整个围墙外面落了满地的青莲雾。莲雾树种在校园内，校门因为暑假被锁住了。

我们敲半天门，一个老工友来开门，问我们："来干什么？"

我说："我们想来采青莲雾，不知道可不可以？"

他露出一种兴奋的、难以置信的表情打量我们，然后开怀地笑说："行呀。行呀。"他告诉我，这一整排青莲雾，因为滋味酸涩，连初中生都没有一点采摘的兴趣，他说："回去，用一点盐、一点糖腌渍起来，是很好吃的。"

我们爬上莲雾树，老校工在树下比我们兴奋，一直说："这边比较多。""那里有几个好大。"看他兴奋的样子，我想大概有好多年，没有人来采这些莲雾了。

采了大约二十斤的莲雾，回家还是黄昏。沿路咀嚼青莲雾，虽然酸涩，却有很强烈的莲雾特有的香气。想起我读小学时曾为了采青莲雾，从两层楼高的树上跌下来，那时觉得青莲雾又甜又香，真是好吃。

经过三十年的改良，我们吃的莲雾，从青莲雾到红莲雾，再到黑珍珠，甜度不高的青莲雾就被淘汰了。

为什么我也觉得青莲雾没有以前的好吃呢？原因可能是嘴刁了，水果不断改良的结果，使我们的野心欲望增强，不能习惯原始的水果（土生的芭乐、芒果、杨桃、桃李不都是相同的命运吗？）另一个原因是在记忆河流的彼端，经过美化，连从前的酸连雾也变甜了。

家里的人也都不喜吃青莲雾。我想了一个方法，把它放在果汁机打成莲雾汁，加很多很多糖，直到酸涩完全隐没为止。

青莲雾汁是翠玉的颜色。我也是第一次喝到。加糖、冰镇，在汗流浃背的夏日，喝到的人都说："真好喝呀，再来一杯。"

夜里，我站在屋檐下乘凉。想到童年、青少年时代，其实有许多事都像青莲雾一样的酸涩，只是面目逐渐模糊，像被打成果汁，因为不断地加糖，那酸涩隐去，然后我们喝的时刻就自言自语地说："真好喝呀，再来一杯。"

只是偶尔思及心灵深处那最创痛的部分，有如被人以刀刺入内心，疤痕鲜明如昔，心痛也那么清晰。"或者，可能，我加的糖还不够多吧。下次再多加一匙，看看怎么样？"我这样想。

回忆虽然可以加糖，感受的颜色却不改变，记忆的实相也不会翻转。

就像涉水过河的人，在到达彼岸的时候，此岸的经验与河面的汹涌仍然是历历在心头。

野木瓜

姊姊每天回家的时候，都会顺手带几个木瓜来。

原因是她住处附近正好有亲戚的木瓜田，大部分已经熟透在树上，落了满地。她路过时觉得可惜，每次总是摘几个。

"为什么他们都不肯摘呢？"我问。

"因为连请人采收都不够工钱，只好让它烂掉了。"

"木瓜不是一斤二十五块吗？台北有时卖到三十块。"我说。

在一旁的哥哥说："那是卖到台北的价钱，在产地卖给收购的人，一斤三五块就不错了。"哥哥在乡下职校教书，白天教的学生都是农民子弟，夜里教的是农民，对农业有很独到的了解。

"正好今天我的一位同事问我：'你认为世界上最可怜的人是什么人？'我毫不考虑地说：'是农人。'"

"农人为什么最可怜呢？"哥哥继续发表高见，"因为农作物最好的时候，他们赚的不过是多一两块，农作物最差的时候，却凄惨落魄，有时不但赚不到一毛钱，还会赔得倾家荡产。农会呢？大卖小卖的商人呢？好的时候赚死了，坏的时候双脚缩起来，一毛钱也赔不到。"

问哥哥"世界上最可怜的人是什么人？"的那位先生正好是老师兼农民，今年种三甲地的芒果，采收以后结算一共赚了三千元。一甲地才赚一千，他为此而到处诉苦。

哥哥说："一甲地赚一千已经不错，在台湾做农民如果不赔钱，就应该谢天谢地拜祖先了呀。"

不采摘的木瓜很快就会腐烂，多么可惜。也是黄昏时分，我带孩子去采木瓜，想把最熟的做木瓜牛奶，正好熟的切片，青木瓜拿来泡茶。

采木瓜给我带来心情的矛盾。当青菜水果很便宜，多到没人要的时候，我们虽然用很少的钱可以买很多，往往这时候，也表示我们的农民处在生活黑暗的深渊，使生长在农家的我，忍不住有一种悲情。

正这样想着，孩子突然对我说：“爸爸，你觉不觉得住在旗山很好？”

“怎么说？”

“因为像木瓜、芒果、莲雾、山樱桃都是免费的呀。”孩子的这句话有如撞钟，使我的心嗡嗡作响。

夜里，把青木瓜头切开，去籽，塞进上好的冻顶乌龙茶，冲了茶，倒出来，乌龙茶中有木瓜的甜味与芳香。这是在乡下新学会的泡茶法，听说可以治百病，百病不知能不能治，但今天黄昏时的热恼倒是治好了。

生命中虽有许多苦难，我们也要学会好好活在眼前，止息热恼的心，不做无谓的心灵投射。喝木瓜茶，我觉得茶也很好，木瓜也很好。

燠热的夏日其实也很好，每一朵紫茉莉开放时，都有夏天夕阳的芳香。